Mamita

Gustavo Rodríguez
Mamita

El papel utilizado para la impresión de este libro ha sido fabricado a partir de madera procedente de bosques y plantaciones gestionadas con los más altos estándares ambientales, garantizando una explotación de los recursos sostenible con el medio ambiente y beneficiosa para las personas.

Mamita

Primera edición en Perú: mayo, 2025
Primera edición en México: mayo, 2025

D. R. © 2025, Gustavo Rodríguez
Publicado de acuerdo con Pontas Literary & Film Agency.

D. R. © 2025, Penguin Random House Grupo Editorial, S. A.
Avenida Ricardo Palma 311, oficina 804, Miraflores, Lima, Perú

D. R. © 2025, derechos de edición mundiales en lengua castellana:
Penguin Random House Grupo Editorial, S. A. de C. V.
Blvd. Miguel de Cervantes Saavedra núm. 301, 1er piso,
colonia Granada, alcaldía Miguel Hidalgo, C. P. 11520,
Ciudad de México

penguinlibros.com

Diseño: Penguin Random House Grupo Editorial / Apollo Studio

Penguin Random House Grupo Editorial apoya la protección del *copyright*.
El *copyright* estimula la creatividad, defiende la diversidad en el ámbito de las ideas y el conocimiento, promueve la libre expresión y favorece una cultura viva. Gracias por comprar una edición autorizada de este libro y por respetar las leyes del Derecho de Autor y *copyright*. Al hacerlo está respaldando a los autores y permitiendo que PRHGE continúe publicando libros para todos los lectores.

Tenga en cuenta que ninguna parte de este libro puede usarse ni reproducirse, de ninguna manera, con el propósito de entrenar tecnologías o sistemas de inteligencia artificial ni de minería de datos.
Si necesita fotocopiar o escanear algún fragmento de esta obra diríjase a CeMPro
(Centro Mexicano de Protección y Fomento de los Derechos de Autor, https://cempro.org.mx).

ISBN: 978-607-385-756-7

Impreso en México – *Printed in Mexico*

«¿Cómo se llama el nombre?
Un color como un ataúd, una transparencia que no atravesarás.
¿Y cómo es posible no saber tanto?».

Alejandra Pizarnik

En Nauta, un poblado que el tiempo dejó olvidado a cien kilómetros de Iquitos, existe entre todas las leyendas antiguas una que calza asombrosamente con esta historia. Un hombre, dueño de tierras arrebatadas a la selva a punta de callos, tenía dos hijos que se llevaban dos años entre sí. El mayor era un niño bondadoso, pero algo timorato. Le gustaba arrodillarse durante horas para observar las plantas, se escondía de su padre tras una roca para dibujar pájaros y prefería mil veces pasar el tiempo en la cocina con las mujeres o alimentar a las aves de corral que aventurar un paso en la maleza.

Su hermano, en cambio, era un explorador nato.

Ya desde pequeñito acompañaba a su padre, envidiándole el machete enorme que llevaba en la mano, y lo hacía reír con sus ocurrencias y preguntas sobre las plantas y animales que iban encontrando.

No hace falta aclarar quién se convirtió en el favorito.

Cuentan los viejos que, transcurridos algunos años, el padre tuvo que tomar la decisión de a quién encomendarle el manejo de esas tierras conquistadas a la Amazonía. Para entonces, él y su mujer habían juntado con mucho sacrificio, exprimiendo las cosechas, el dinero para enviar a uno de sus hijos a prepararse en Europa y abrirle las puertas de un conocimiento sin fin. Y si bien el padre sabía dentro de sus tripas a quién debía enviar, entendía también que, por un mínimo de respeto hacia el favorito de su mujer, y por un principio básico de equidad, tenía que encontrarle una salida inteligente a esa disyuntiva.

Pensó. Caviló. Y la encontró.

Una noche, cuando los muchachos conversaban en sus camastros antes de apagar las velas, el padre entró en su habitación con dos rifles, dos cuchillos y dos alforjas con cecina de monte. Se sentó junto a ellos y, antes de explicar la razón de aquel equipamiento, les habló sobre lo que les esperaba del otro lado del mundo: ciudades adelantadas con agua y retretes a la mano, palacios y riquezas en abundancia, mentes sabias que podían nutrir sus vidas. La mente del hijo mayor fantaseó con los museos y los barrios de artistas que su imaginación proponía. La del menor se perdió en las torres, los carruajes y las elegancias que su padre iba inventando, pues era sabido que aquel hombre ni siquiera había conocido el mar.

—Pero solo irá uno de ustedes —fue la cruel propuesta.

—¿Y quién será? —se atrevió a preguntar el menor.

—El que me traiga la piel de un otorongo.

En la mañana, ambos hermanos tomaron senderos distintos en la jungla. El primero en volver, derrotado al día siguiente, fue el hijo mayor. Nunca le dijo a su padre que durante ese tiempo se mantuvo inmóvil, acampando ante un riachuelo tranquilo, receloso de cualquier movimiento que el viento provocaba en la espesura y con una feroz palpitación nocturna que se obligó a aguantar por decoro. Imaginarse la poderosa mandíbula de un otorongo ante él fue la manera más eficaz de decirles adiós a sus sueños europeos.

Dos días después llegó, campante, su hermano menor. Era una silueta pequeña, emergida de los primeros vapores de la mañana y traía al hombro, para la admiración de quienes lo vieron llegar, la piel enorme y fresca del felino. Su madre lo abrazó, mirando al cielo agradecida. Su padre lo aplaudió, más orgulloso que nunca. Su hermano, boquiabierto, lo observaba plantado entre la admiración y la envidia.

—¿Dónde lo cazaste? —lo acribilló su padre a preguntas—. ¿Te costó sacarle el pellejo? ¿Dónde está tu escopeta?

El muchacho sonrió, sabihondo.

—Se la cambié a un cazador, bien adentro.

Cuentan los viejos que el hijo menor se ganó el viaje con justicia y que la vida de ambos hermanos fue muy distinta a partir de ese día. Mientras que el mayor murió aún chiquillo a causa de una fiebre tropical, el menor se recibió de perito mercantil en Barcelona, disfrutó los salones parisinos de la *belle époque* y se convirtió en un industrial que, según sus pares y descendientes, llevó el progreso a la Amazonía del Perú. Nunca supo aquel magnate que su fortuna se difuminaría como polen selvático entre sus numerosos hijos, y que la más pequeña de todos ellos lo adoraría hasta el final de los días sin siquiera haberlo conocido.

Esta historia, pues, va dedicada a esa niña.

A ti, mamita.

A pesar de que intuía de quién se trataba, o quizá por eso mismo, el timbre también electrificó mi corazón. Me deslicé hacia el filo de la cama, extendí la mano hacia el auricular y, en efecto, su vozarrón resbaló hacia mi tímpano como una breve avalancha.

«Bajo», le respondí contento.

Agarré las muletas. Me puse de pie. Me felicité por haberlas dominado medianamente en tan poco tiempo. Recuerdo que, mientras dejaba mi habitación, por el ventanal entraba una luz que presagiaba la primavera: sobre el piso de madera flotaban partículas que iban siendo atravesadas por el vaivén de mis muletas. Y, sin embargo, dudo que de verdad eso haya ocurrido. Es muy probable que convertir escamas de piel muerta, ácaros y polvo en grácil materia que juega con la luz no sea más que un truco de mi mente para refrendar lo importante que resultó ser ese día para esta historia.

O para mi historia, que en este caso da lo mismo. Conforme avanzaba por el pasillo rumbo al ascensor, las zancadas remolonas me iban otorgando el tiempo necesario para echarle una ojeada a una porción de los dormitorios que hasta hacía no mucho habían ocupado Bárbara y Cordelia. Me victimicé, por supuesto. Si esto que recuerdo fuera una película debidamente editada y sonorizada, estaría sonando alguna canción lenta —de esas que bailan padres e hijas en los matrimonios—mientras un cincuentón arrastra sus pasos, rumiando su soledad.

Es que cuando no tengo verdaderos dolores, me los tengo que inventar.

Una vez que me detuve a un metro y medio del ascensor, elevé la muleta derecha como si fuera una escopeta recortada, un recordatorio del mediocre cine de acción que me ha acompañado desde niño: el botón de llamada era el objetivo. Le acerté a la primera y, alentado por esa victoria íntima, recuperé el buen ánimo mientras descendía los nueve pisos.

En la planta baja, ni bien se percató de mi presencia, el portero Yashin se puso de pie con el brío de su juventud para abrirme la puerta de cristal. Le había puesto ese sobrenombre, obviamente, por el puesto que ocupaba en mi edificio, pero también porque su nombre de pila era ruso y porque solo vestía de negro, como el legendario arquero soviético.

—Gracias, mi querida Araña —le sonreí.

Y usando aquella broma como aperitivo me dirigí, jovial, a la persona que me esperaba. Me alegró constatar que su sonrisa quería salirse de sus mejillas.

—¡Don Hitler! —traté de abrir los brazos.

El conductor me respondió con un medio abrazo, imagino que algo cohibido por no saber si debía saludarme como a un amigo o como a un empleador. Decidí ahorrarnos disyuntivas y metí mi mano en el bolsillo: le alcancé la llave del carro.

Ya nos sobraría tiempo ahí dentro para ponernos al día.

—Es la misma —le dije—. Yashin le mostrará el estacionamiento.

Hitler asintió y siguió al portero hacia el sótano.

Me quedé de pie en la acera y dirigí la mirada hacia el malecón de ladrillos rojos que serpenteaba a unos metros, al encuentro del yodo y la sal que ya había olfateado mi nariz. La brisa marina cosquilleaba mi cráneo y, a falta de pelo, ondulaba mi camisa. Si recuerdo bien, una semana antes había escrito un cuento en el que una anciana y su cuidadora paseaban junto a ese muro, y se preguntaban con qué porción de tierra se toparían si nadaran en línea recta hacia el final de ese mar. Siempre había querido que esa afortunada porción de Lima, abalconada a su bahía, fuera el escenario de alguna novela mía y, ahora estoy seguro, aquel relato había sido un ensayo.

El motor que abría el portón interrumpió mis pensamientos: tras elevarse la madera, de la oscuridad emergió la blancura de mi auto. Un par de segundos después, Hitler ya se apeaba solícito para abrirme la puerta trasera. Lo atajé.

—Voy adelante, como la última vez.

El conductor sonrió divertido, no solo porque desde aquel último y único encuentro habían transcurrido varios años, sino porque se había tratado de una noche memorable. Luego de abrirme la puerta del copiloto y de mantenerse atento a la lealtad de mis muletas, solo se relajó cuando mi trasero terminó de acomodarse en el cuero de la butaca. Metió las muletas en el asiento posterior y, recuperando sus maneras quimbosas, se sentó tras el volante.

—Usted dirá.

El desenganche del freno de mano acompañó mi respuesta.

—Vamos a Lince por la Arequipa.

Doblamos al sur en el sentido del malecón y bastó menos de un minuto para que en mi espejo lateral apareciera ese centro comercial anclado al acantilado llamado Larcomar. Nos internamos en la avenida Larco y por el mismo cristal alcancé a ver el espacio cada vez más pequeño del océano a mis espaldas. Empecé a distraerme con los edificios bancarios, las cafeterías diminutas, las boutiques de prendas de alpaca, los restaurantes que ofrecen cebiches y lomo saltado a los turistas, las tiendas de *souvenirs*; y también con los peatones en las veredas, y los transeúntes que en la vía anexa al asfalto avanzaban en bicicletas y patinetes, liberados de la marea metálica conformada por los carros en zigzag, las motocicletas abocadas a despachar, los taxis recalentados, los buses atronadores y por mi propio auto: un espectáculo de caos autogobernado que conocía muy bien, pero que muy rara vez había observado desde ese ángulo como copiloto.

Hitler pareció leerme el pensamiento.

—¿Hace cuánto, míster?

—Uuuy…—sobreactué—. Una pandemia y una novela.

Hitler Muñante sonrió, orondo. No me atreví a preguntarle si la había leído. En lugar de hacerlo, mi mirada siguió la curva de su barriga: el timón parecía detener su desparrame. Era la dieta casera peruana, sin duda, esa que mezcla papas y arroces, solo que unida, en su caso, a los años transcurridos detrás de un volante. Creo que fue a la altura de la Municipalidad de Miraflores, junto a los viandantes a la sombra de los ficus y a los compradores de una feria recién instalada en el parque Kennedy, cuando se me ocurrió preguntarle por la familia.

—Ahí... —dudó.

Me quedé callado, puteándome por entrometido. Caí en cuenta de que, por más que le tenía un gran afecto, no podía considerar a Hitler como un amigo. No, al menos, en el estrato que me había acogido la mayor parte de mis años, tan presto a condenar la camaradería entre un empleado y su empleador. Más si el empleado era zambo. Y mucho más si consideraba que la única vez que nos habíamos relacionado fue durante un trayecto que había durado tan solo una hora y media de nuestras vidas.

—Me separé, míster —murmuró al cabo.

Yo asentí, pero no me vio.

—Esas cosas pasan —comenté, y me sentí más estúpido aún, por traicionar con esa frase tan hueca el decoroso silencio que debía imponerse.

En ese instante nos tocó en rojo el último semáforo que existe antes de bordear el óvalo de Miraflores, frente a la terraza europeizada de La Tiendecita Blanca. Con el auto detenido, me sobró el tiempo para recordar las veces que mi madre me había relatado con orgullo las pocas oportunidades en que había tomado un té ahí, en las épocas en que podía darse ese gusto, y me pregunté si no sería buena idea invitarla un día de esos.

—Yo le saqué la vuelta —dijo Hitler de pronto.

—Ajá —lo alenté.

—Uno es débil, usted sabe... una cerveza de más en una fiesta, un sajiro en pleno baile, y zas. Pucha, que me agarró fuerte, míster. Uno se enchucha, si me disculpa la palabra.

—Y se fue con ella —terminé la idea, recordando un capítulo de mi propia vida.

—Noooo... —se rio—. Una vecina se lo contó a mi mujer y se armó la jarana, con quijada de burro incluida. Palabra, míster, que nunca la vi a Rosalinda tan brava. Hasta creo que eso me hizo volver a enamorarme.

—Faltaba su toque de emoción.

—De repente, ¿no?

El auto arrancó y, tras bordear el óvalo, entramos de lleno en la avenida Arequipa, una ancha corriente de ida y vuelta.

—Volvimos, pero ya no fue lo mismo —arrugó la frente—. Como que me la tenía guardada siempre, con la frase siempre lista en la boca... era como que, si estábamos juntos, era solo por los niños.

—El resentimiento —dije, tan solo para darle más cuerda.

De pronto pareció dudar. Noté que sus dedos rechonchos tamborileaban sobre el timón.

—Y me la devolvió, míster.

—Caray —es lo único que atiné a decir.

—A mí, que siempre he tenido el orgullo de no ser un cachudo.

En lugar de consolarlo, dejé que mi demonio morboso cogiera las riendas de mi lengua.

—¿Usted los ampayó? —tanteé.

—¡No, míster! —rio con pena—. Si eso pasaba, ahí mismo me desgraciaba. No. Vi sus conversaciones en su teléfono.

—El que busca encuentra, pues.

—Es que ya la había visto un par de veces con una sonrisita sospechosa luego de que miraba su teléfono. Y uno no es cojudo. ¿Pero sabe lo que más me dolió? Recién ahora me doy cuenta: que esa risita que la hacía ver tan bonita... hacía mucho que no me la dedicaba a mí.

Suspiré.

—Habían perdido la complicidad.

—Eso mismo. Quebramos el jarrón y no se volvió a pegar.

Volví a suspirar.

—Ahora vivo a un par de cuadras —continuó—. En un cuarto bien cómodo, para qué. Cómo son las cosas ahora, ¿no, míster? En vez de yo botarla como a una cualquiera, ella me botó a mí.

La conversación había estado tan interesante que ni me percaté de que estábamos llegando al cruce con Angamos, donde la avenida Arequipa ya se tornaba plenamente arbolada. En la berma central, los ciclistas agradecían el súbito cobijo de las sombras en esta ciudad emplazada en el desierto.

—Pero voy a volver —soltó Hitler.

—Tiempo al tiempo —le dije, confirmando que me había convertido en un diccionario parlante de clichés.

Una vez que cruzamos el semáforo de Angamos, quizá consciente de que él había estado hablando hasta el momento por los dos, Hitler me soltó a boca de jarro:

—¿Y usted, míster?

No entendí bien qué era lo que quería saber. ¿Si seguía con Karen?

—¿Cómo metió la pata? —se rio.

Me quedé en silencio. ¿De verdad mi chofer quería saber si también había arruinado mi relación por culpa de un tropezón? Confieso que respiré lento mientras pensaba cómo responderle, hasta que su ojeada a mi yeso aclaró mi malentendido.

—Ah... —reí—. Tratando de jugar fútbol.

—¿Cómo así?

—Mi novia, usted la conoce...

—Claro...

—...tiene una hermana que vive en Colombia y un par de veces al año nos visita desde allá con la familia. Mis sobrinos colochos son futboleros y siempre separamos un día para alquilar una cancha de césped y que juguemos todos.

—Y le entraron con machete.

—Bueno fuera —sonreí—. Al menos habría sido más heroica esta vaina. No, yo estaba trotando al inicio, como quien calienta, y en eso ¡crac!: pisé un hueco y me doblé el tobillo.

—¡Uy!

—No le miento, sonó como si hubieran roto un carrizo.

—Pero no fue el hueso...

—Fue un tendón.

—Eso tarda más, míster.

—Lo sé, lo sé... y lo peor es que no es la primera vez. Hace veinte años me pasó algo así cuando jugaba con mis hijas. Me siento un imbécil.

—¿Jugaba fútbol con ellas? —se admiró.

—No, no... esa vez estábamos jugando a las chapadas.

No se lo dije, pero en ese momento me visitaron, al igual que otras veces, las risas de mis tres niñitas, rodeadas del verdor de Chaclacayo; sus ropitas fucsias, amarillas, celestes dispersas a mi lado, escapando de mis brazos, pero queriendo ser abrazadas; el césped abriendo esa boca y mi zapato siendo tragado, mi grito, la angustia en sus caritas. Mis tres chiquitas.

—Lo bueno es que gracias a esto —señalé el yeso— nos volvimos a ver.

A pesar de que esta frase que acabo de escribir podría haberle parecido a cualquier testigo una fórmula de cortesía, estoy seguro de que en ese momento sentía verdadera gratitud por haberme vuelto a topar con Hitler. Y en el mismo auto, además.

—Le agradezco mucho, míster —carraspeó—. Le confieso que hace un tiempo que vivo aguja.

—La pandemia nos golpeó a todos —busqué consolarlo.

—Al principio no entendí la llamada —se rio—. Somos de «la editorial», me dijeron. Pucha, me dije, ya me metió en problemas el míster. De repente usted estaba en juicio, como se los meten a algunos escritores, y me habían metido en la colada.

—No, cómo va a pensar eso —me reí también.

Por entonces, mi editorial había organizado un plan de visitas para reforzar la tercera edición de mi última novela, quizá la mejor que había escrito. A algunas librerías y centros culturales solía ir caminando, y para los tramos más largos la editorial me devolvía la gasolina que usaba en mi auto. Pero cuando ocurrió mi accidente y la editorial propuso contratarme un servicio de taxis, mi ocurrencia de negociar con Hitler resultó providencial, como quedará luego más claro: ya que la novela que requería mi presencia era la misma en que aparecía un personaje basado en él, y ya que la ficción no les paga regalías a las personas reales que la inspiran, ¿por qué no intentar contratarlo como conductor con un buen sueldo? Además, quién sabe, le dije a mi editor, si nuestro reencuentro no traía una secuela.

—Veste... —exclamó Hitler, frenando de golpe.

Estábamos cerca del cruce con Aramburú y un auto se había detenido de golpe, en mitad de cuadra, a recoger a un pasajero. Era uno de esos colectiveros informales que habían aparecido con más ímpetu luego de la pandemia, una señal de nuestro desmoronamiento económico y del rebrote informal que lo paliaba.

—El tráfico de Lima no es terrible porque tenga más autos —comenté—, sino porque manejamos como el culo.

—Hay mucho loquito, míster.

—Mucha frustración. Y mucho recursero también. Todo empezó cuando comenzaron a meternos el cuento de que uno es el empresario de su destino. ¿Se acuerda cuando el Estado tomó medidas para que los desempleados salieran a la calle a ganarse la vida con taxis y combis? ¿El tsunami de autos usados?

—La fiebre del timón cambiado—rio Hitler.

—Ya van más de treinta años y nuestro transporte sigue siendo una cacería contra el tiempo para levantar pasajeros.

—Aparte de los semáforos —levantó Hitler el índice—. Mire: puro rojo nos ha tocado.

En efecto, en ese momento nos tuvimos que volver a detener en la esquina con Aramburú.

—Es todo un sistema —pensé en voz alta.

—A veces quisiera que mis hijos se fueran —resopló Hitler—, pero me da pena.

Asentí.

—¿Usted nunca se fue del país? —se interesó.

—No. Nunca.

—¿Y por qué?

—Por cobarde.

—No sé, míster... hubo un tiempo en que había que ser macho para quedarse.

—Mjuu.

Tan solo dos cuadras atrás habíamos pasado frente a un edificio esquinado de departamentos que no tenía nada de destacable, salvo para quienes tenemos cierta edad y familiaridad con la zona: hasta el inicio de los noventa, en su terreno se había alzado uno de los pocos locales de Kentucky Fried Chicken que existían en el Perú, una ventanita al extranjero en un país encerrado en sus fronteras, hasta que un sábado de verano fue destruido por una bomba terrorista. Aquella vez, el estruendo había sacudido la casa que mis padres alquilaban cerca.

—Según mi madre —le seguí contando—, por esos días me preguntó si pensaba irme del país, y yo le dije que no. Y cuando me preguntó por qué no, yo le respondí que alguien tenía que quedarse para reconstruirlo.

—Pala. Qué tal frase, míster…

—Es mentira —me reí—. Yo no recuerdo haberle respondido eso, ni que me lo preguntara. Seguramente se lo ha inventado con los años para tejerse una versión más bonita de mí. La verdad, don Hitler, es que, si no me fui, es porque vivía cómodo a pesar de la crisis. Encontré un trabajito en una agencia de publicidad en la que empezaron a pagarme algo digno, no me moría de hambre, y con mi bicicleta iba de mis estudios a la chamba. Como no tenía sueños de grandeza, este país desmoronado le venía bien a mi vida mediocre.

—¿Y vive su mamita?

—Justo estamos yendo a su casa. Los miércoles almuerzo con ella.

Hitler sonrió, aunque con un gesto parecido a la nostalgia. Quizá era huérfano, pero no me atreví a preguntárselo.

—¿Y vive sola? —inquirió.

—Vive con el menor de mis hermanos. Es una suerte, la verdad.

—Los viejitos necesitan cariño —dijo, y como era una verdad tan irrefutable, dejé que el silencio se lo confirmara.

Me pregunté entonces qué habría cocinado Ronald. Por la época de la explosión de aquel Kentucky, mi hermano y yo ya habíamos empezado a alejarnos: él era un adolescente atolondrado que había encontrado en los amigos desorientados del vecindario un clan que lo recibía con camaradería, mientras que yo era un chiquillo obsesionado con cumplir con los estudios y el trabajo para no caer en la miseria de la que trataban de escapar nuestros padres. Hoy, por fortuna, habíamos acabado más unidos luego de haber salido vivos de nuestras propias batallas. Quién sabe si la distancia entre los hermanos no empieza con la malinterpretación que hacemos del trato de nuestros padres. Al contrario que yo, un niño tímido y prácticamente mudo, Ronald era un cascabel de rulos metálicos que le sacaba carcajadas a mi padre, ¿cómo no iba a sentir yo que mi hermano era su preferido? Mientras que a él le estaba reservado el territorio del festejo, mi padre me reservó a mí el terreno del trabajo: levantarme temprano desde que era un niño, obligarme a acompañarlo delante de mis amigos, hacerme trabajar en su farmacia sin recibir un centavo. Nunca olvidaré la noche en que mi hermano y yo comparamos perspectivas, al día siguiente de haber enterrado a nuestro padre. «Tú piensas que él me quería más, porque se reía conmigo», me dijo. «Yo siempre he pensado que tú eras su favorito porque pasaba más tiempo contigo», remató con tristeza.

La voz de Hitler Muñante me sacó de aquel recuerdo.
—Lince a la vista —avisó.

En efecto, todo el tramo arbolado de la avenida correspondiente a San Isidro había escapado de mi atención. Ni siquiera me había fijado en la hermosa casona que desde hace casi ochenta años le sirve de vivienda al embajador de Colombia, y en cuya vereda una vez me arrancharon un reloj en los ochenta; hermoso recordatorio del esplendor que alguna vez tuvo la avenida Arequipa y de una de nuestras tantas épocas de crisis. Ahora el parabrisas mostraba que estábamos a punto de zambullirnos en el paso a desnivel de la avenida Javier Prado, el primero que se construyó en Lima y que desde entonces separa simbólicamente a la aristocrática San Isidro del mesocrático distrito de Lince. Quizá porque me había puesto contento volver a ver a Hitler, y porque también había recordado mi infancia durante las cuadras anteriores, estuve a punto de contarle que, según mi madre, cada vez que íbamos a enfrentar la brevísima oscuridad de ese túnel, ella me advertía que agachara la cabeza para no golpearme. Y yo, ingenuamente, le hacía caso.

Una vez que el sol volvió a bañar el tablero del auto, Hitler me pidió indicaciones.
—Usted dirá, míster.
—A dos cuadras, métase al parquecito que está frente a El Dorado.

Hitler asintió sin chistar, y entonces me di cuenta de que hay referencias urbanas que sirven solamente entre coetáneos. Mi conductor y yo éramos contemporáneos, sin duda, y no porque en aquella aventura nocturna que viviéramos hacía cuatro años eso ya había quedado claro, sino porque ambos crecimos sabiendo que El Dorado era el único edificio alto de su tiempo en la avenida Arequipa y, por tanto, un hito indiscutible para los despistados. Era un hito incluso en la época en que compré ese departamento para que mis padres pudieran vivir sin temor a otro desalojo. Ahora, en cambio, el cielo de esa parte de Lima estaba hincado por madrigueras de concreto que se ofertaban con la promesa de una vista sin igual y de una piscina comunal en la azotea: una confirmación de que la humanidad se dirige a vivir apiñada y con los pies por encima del suelo.

Al poco rato ingresamos a la vía auxiliar de la Arequipa. De pronto, Hitler se relamió cuando divisó el restaurante al otro lado del parquecito y la avenida.

—¡El Siete Sopas!

—Es la única maravilla que ha traído el progreso —bromeé, mientras le indicaba que se detuviera frente al viejo edificio.

—Hoy mismo me empujo un sancochado...

—Usted es de los míos, don Hitler.

El conductor activó las luces intermitentes y descendió para alcanzarme las muletas.

El trámite fue rápido y, por suerte, en aquel oasis adosado a la correntada de vehículos que es la Arequipa, el tráfico era más ralo: el canto de los pájaros entre los ficus era más frecuente que el de las bocinas.

Una vez que logré abrir el portal de hierro forjado, entre unos mármoles que hoy ya no se estilan, Hitler Muñante relajó su mirada.

—Usted me avisa y yo lo recojo.

Yo asentí y le hice saber que, si se patrullaba con paciencia, se podía encontrar estacionamiento en las dos manzanas adyacentes.

Antes de cerrar la pesada puerta seguí con la mirada a mi auto y me percaté de que unos cerezos japoneses empezaban a florecer en el extremo norte del parque.

El chasquido al cerrar la puerta retumbó en el pasillo. Su eco acompañó mi idea de alentar a mi madre para que saliera a apreciar aquel milagro vegetal en una ciudad entregada al polvo. Sin embargo —y ahora lo puedo decir con certeza—, para cuando llegué al final del largo pasillo, aquella ocurrencia se había esfumado entre mis penosas zancadas. Las sakuras le cedieron mi total atención a la puerta tras la cual, sin saberlo, me esperaba el inicio de esta aventura.

Apenas abrí la puerta a aquel territorio de gobelinos y pan de oro, noté que la perrita había percibido mi llegada desde hacía un rato. ¿Había sido mi olor desde la calle? ¿Mis palabras con Hitler le habían llegado desde la vereda? Jamás sabremos qué combinación de sentidos hace que los animales nos lleven la delantera cuando se trata de estar alertas: si ya es supremamente difícil imaginar lo que otro humano siente, aventurarse con otras especies es inútil y de gran soberbia.

—Chelita... —murmuré.

No intentó ladrarme. Su hocico chato ni siquiera lanzó un murmullo. Tan solo me estudió con esos ojos tristes que, en convenio con las mejillas caídas, le confieren a los bóxeres la mirada más desvalida del reino animal. La historia de la perra, sin embargo, era más dramática que la expresión de su rostro albino: mi hermano la había rescatado de un taller de mecánica en una zona donde, seguramente, compraba sus gramos de evasión. Alguien le contó que un par de sanguijuelas que se turnaban la guardianía del local la habían torturado desde cachorrita para fortalecerle el temple y convertirla en una feroz aliada, pero que todo había sido inútil; ni el soplete para soldar, ni los golpes con herramientas lograron encenderle a la perrita las ganas de agredir. Todo lo contrario: lo que dominó desde entonces al animalito fue el miedo a ser violentada.

Así, el solo gesto de agacharme para tocarle el lomo la hizo encorvarse; pero, al acariciarle las cicatrices, un breve lengüetazo me hizo saber que estaba agradecida.

Cerré la puerta y avancé muleteando; la perrita me siguió a corta distancia.

Una canción que provenía de la radio de la cocina me advirtió que con toda probabilidad mi hermano estaba allí. Además, un aroma a pollo horneado había arrinconado al usual de la marihuana: el almuerzo debía estar listo.

En efecto, en ese momento Ronald emergió de la cocina.

—¿Tiene reserva, señor?

Nos dimos un abrazo. Apreté sus rulos blancos entre mis dedos, como quien estruja una mopa, y hasta me dio tiempo de pellizcar su arete más grande como parte de mis cábalas.

—*Sorry* que no traje nada —señalé a mis muletas—, con estas huevadas no puedo cargar ni mi sombra.

—Tranquilo, que yo ya me ocupé del cargamento, ¡muajajajaja…! —exclamó, llevando el rostro hacia atrás, cual villano de caricatura.

Es claro que nuestro intercambio activó otro tipo de engranajes en la casa, porque mi madre apareció de pronto en el pasillo, apoyando su pequeño cuerpo en el bastón ortopédico.

—¡Mamita! —me alegré—. Tú tan trípode y yo tan cuadrúpedo.

—Cara de cuadrúpedo, tienes.

Nos abrazamos risueños y chocando metales. Su carita se había iluminado como cada vez que me veía llegar, lo cual, a la par de alegrarme, siempre activaba mi culpa por no verla más seguido, más aún cuando bastaba atravesar unos cuantos kilómetros para volver a acariciarle esos pelos ralos. Lo único que después me consolaba en el camino de regreso era la certeza de que, incluso visitándola a diario, la culpa encontraría la manera de estirar sus límites para susurrarme que aún podía haberme esforzado más.

—¿Viniste en taxi? —me preguntó, una vez que nos sentamos en la mesa.

La miré fijamente.

—Me trajo Hitler.

Mi hermano soltó una risita mientras sacaba una fuente del horno.

—¿Quién ya vuelta es Hitler? —se preocupó, con el leve dejo amazónico que le quedaba.

—El nazi, pues, mamá —exclamó Ronald—, ¡si tú ya eras bien caderona cuando se anexó Polonia!

Solté la carcajada y, de paso, constaté que mi hermano seguía enfrentando sus insomnios con documentales de History Channel.

—Es un chofer que me ha puesto la editorial —le expliqué—. ¿Te acuerdas del señor que nos llevó a Karen y a mí al hospital cuando lo de Bárbara? Está en mi último libro.

—¡El zamborja, mamá! —terció Ronald.

—...

—¡El zambini! El de los treinta kilómetros.

—Ah, sí... —murmuró ella vagamente.

Recuerdo que estuve a punto de comentar una noticia que había leído en esos días, de que el Perú era el país que tenía más personas registradas con el insólito nombre de Hitler, muy por encima de Indonesia, pero me desanimé.

—Ahora sí, ¡el cargamento! —anunció mi hermano.

Lo vi abrir la congeladora y sacar una botella grande de cerveza.

—Lo hubieras hecho pasar.

—A quién, mamita.

—Al señor.

—A Hitlercito —me aclaró Ronald.

Al principio me dio risa la burla de mi hermano, pues nuestra madre solía llamar con diminutivos incluso a las personas que acababa de conocer, hasta que caí en cuenta de que yo heredé esa costumbre de ella: así como mi mamá —mi mamita— me había enseñado la diferencia que hace la sal en los alimentos, con ella aprendí que la promesa de un afecto no cuesta más que una pizca extra de lengua. No olvidé, sin embargo, el meollo de su observación: ¿por qué no se me había ocurrido invitarlo a pasar? En mi mente se formuló un artilugio para justificarme y así se lo hice saber: imaginé a Hitler frotándose las manos ante el sancochado de sus sueños; un plato pagado, además, por las regalías de una ficción en la que decidí involucrarlo, y resolví que en ese instante él mismo no se habría cambiado por nadie.

—¡Vualá! —Ronald destapó una fuente.

Eran unas alitas de pollo marinadas con sillau, entreveradas con papitas cóctel y trozos de cebolla. Se veían deliciosas, pero algún remanente de culpa en mi conciencia emergió para preguntarme si estaría pasándoles suficiente dinero. Como era la última semana del mes, traté de recordar, inútilmente, si en la primera mi hermano había cocinado más proteínas que estas que se aferraban al hueso.

—Shalú, shalú —alzó mi madre su cerveza.

Antes de beber la suya, mi hermano engrosó su voz imitando a El Jefecito, un personaje cómico de nuestra adolescencia que con ese diminutivo llamaba, enamoradísimo, a su secretaria.

—¡Che-liii-ta!

La perrita levantó las orejas, ajena al doble sentido que hermanaba a su nombre con el que se le da popularmente a la cerveza. Mi hermano le hizo un cariño.

—A las dos las quiero, ¡no seas celosa!

—¿Qué es de Dani? —pregunté, luego de servirme—. ¿Se ha reportado?

Mi madre negó con la cabeza.

—Estará cepillándose a una cangura...

—Ay, Roni... —lo reprendió mi mamá.

—Yo lo veo juicioso —me mostré de acuerdo con nuestra madre.

Y ya que justo en ese instante la radio había soltado una canción cursilona de Air Supply, haciendo coincidir temática y geografía, añadí burlonamente que el amor hace milagros.

—Verdad que estos rosquetillos son australianos, ¿no? —sonrió mi hermano, luego de reconocer la canción—. No todos pueden ser Angus Young.

Mi madre nos observaba sin entender, pero no por eso se guardó su opinión.

—Todas las noches le ruego a diosito que no la cague.

Ronald y yo intercambiamos miradas socarronas: cuando a nuestra madre se le escapaba una procacidad, era cuando más sincera era.

—Uy, mamá, va a estar difícil —insistió Ronald—. Con tantas tetonas en esas playas, el Dani se va a volver locazo.

Imaginé que sí, que a nuestro hermano se le debía desviar la mirada varias veces al día, que un tren porno pasaba por las estaciones de su mente como si fuera hora pico, y que a un perro viejo es difícil cambiarle las costumbres; pero también era verdad que aquella era la primera vez que parecía enamorado hasta el tuétano de una mujer con amplios horizontes y una vida cosmopolita, y que ella, seguramente, se había enamorado de cualidades muy distintas a las que su entorno limeño del siglo veinte le había recetado: de su corazón sin aduanas, de su vigor animal, de su pasión por morir cantando. Cuando Karen supo que la nueva novia de mi hermano mayor se lo quería llevar a Sydney, no lo dudó un segundo: «Hay que exportarlo». Mi novia tenía razón. Cualquier país medianamente desarrollado era mejor que el nuestro para que un cantante sin recursos pasara los últimos años de su vida. Dani lo debía intuir desde el pozo acumulado de tantas madrugadas sacrificadas, y ese debía ser un gran aliciente adicional para portarse bonito.

—Ayer vino Gachita —dijo de pronto mi madre, mientras chupaba un huesito.

—Qué se cuenta —la alenté.

—La vi bien, ¿no, Roni?

—Sífilis.

No veía a mi prima desde hacía algunos años, quizá desde el velorio de su esposo. Me caía bien y se notaba el enorme cariño que le tenía a mi mamá, quizá porque era la única hermana de su padre que quedaba viva. Si no frecuentaba a Gachi no era por antipatía, me lo dije más de una vez, sino porque veinte años de diferencia terminan por imponer cierta distancia.

—Este año se lo va a pasar viajando —dijo mi madre—, en las casas de sus hijos.

—Es un bonito plan —solté, por decir algo.

Mi madre se puso a chupar otra alita.

—Me preguntó por la novela de tu abuelo.

Por el rabillo del ojo noté que Ronald hizo un gesto de confirmación mientras se llevaba una papa a la boca. Yo me encogí de hombros y, para no responder, apresuré el ataque a una alita: de todos los proyectos de escritura que había abandonado, el de la historia del padre de mi madre era, probablemente, el que más arrepentimientos me traía. Por cobarde, por supuesto. Toda familia tiene una historia fundacional y bardos que la transmiten de generación en generación, pero la que mi abuela y mi madre habían construido alrededor de ese prohombre y me habían transmitido desde pequeño sobrepasaba a mi talento.

Además, ¿cómo iba a afrontar sin consecuencias la monstruosa diferencia de edad?

Lo peor de todo —y el comentario de mi prima Gachi lo testimoniaba— es que hubo una época en que pensé que me sería posible escribirla: entrevisté a familiares y a historiadores, leí muchos libros sobre la época del caucho amazónico, comparé la biografía de mi abuelo con la de Julio Verne, fantaseé con su posible romance con Sarah Bernhardt, y hasta aproveché un viaje al país vasco para darme una escapada a Biarritz e imaginar las vacaciones de aquella burguesía florecida en el Amazonas a fines del siglo diecinueve. Al final, solo logré escribir un par de páginas iniciales que no fructificaron: una leyenda que mi abuela contaba sobre mi abuelo de niño y una piel de otorongo. Imagino que esas visitas mías a los pocos familiares que conocía de mi madre alertaron al resto de esa parentela, y que cada libro que fui publicando, tan ajeno a la historia de mi abuelo, los fue decepcionando hasta convertirme a sus ojos en una especie de estafador o, cuando menos, en alguien que había jugado con sus expectativas.

—Está muy bueno, Ronito —me chupé los dedos—. Tienes el don.

—El otro día hizo unos frejoles, uy… —confirmó mi mamá.

—¿Como los tuyos?

—Mejores.

Mi hermano se rascó el brazo tatuado, como cada vez que se le hacía difícil lidiar con alguna situación. Había aprendido a cocinar recién en la pandemia, como respuesta a la ausencia de ayuda doméstica y al visible deterioro de nuestra madre, y al poco tiempo ya había demostrado estar a la altura del linaje de cocineras de nuestro lado materno.

—Salud por eso —alcé el vaso para liquidar mi cerveza.

—¿Has venido en taxi? —me volvió a preguntar mi madre.

—No, mamá. Me ha traído un chofer.

—Ah, ya.

Su mirada se extravió un segundo, antes de concentrarse en el dorado brillo de su cerveza.

—Shalú, shalú.

Un par de semanas atrás, en esa misma mesa, mi madre nos había preguntado cuántos años tenía. Cuando le respondimos que ochenta y nueve, nos miró asombrada: «Dios mío, nunca pensé vivir tanto». Seguramente se comparaba con su mamá, que había muerto a los pocos años de haber cumplido los setenta. «Pero tus hermanos han sido longevos», le retruqué, «al menos los de padre». Y le recordé que su hermano Emiliano, el padre de Gachi, había muerto a los cien años. Aquella misma tarde mi hermano y yo habíamos coincidido en que era necesario estimularle la mente porque, entre las telenovelas turcas y el techo de su dormitorio, el horizonte era muy limitado. Al miércoles siguiente, cuando aún no había quedado cojo, le traje un cuadernillo lleno de sudokus que miró con desdén, y una novela que captó su entusiasmo por la portada.

—¿Qué tal el libro que te traje? —me interesé ahora.

—Lo dejé.

No sé qué me sorprendió más, si esa rotundidad que los ancianos adquieren como un derecho vital, o que no le hubiera gustado *El amor en los tiempos del cólera*: si a mí me había emocionado cuando lo leí de adolescente, imaginé que a su edad sería un torrente benéfico.

Mi desconcierto debió haber sido muy evidente.

—Muy chica la letra —me aclaró.

A punto estaba de preguntarle a Ronald hacía cuánto que no la revisaba un oculista, pues de repente solo era cuestión de cambiarle la medida a sus anteojos, cuando mi madre lanzó un suspiro. *Ese* suspiro.

—Uy, guaguá... yo no sé si llegue a leer un libro más en esta vida.

Mi hermano impostó una solemnidad de panteón, acostumbrado como estaba a tomarse a la broma las victimizaciones de nuestra madre.

Él no lo supo entonces. Ni ella.

La cuenta regresiva para escribir contra el tiempo esta novela había comenzado, y yo tampoco lo sabía.

Algunos días después —creo que fue un lunes—, abrí los ojos cuando el cielo contrabandeaba destellos por los filos de la cortina. Todos repetimos los mismos cinco movimientos al despertar cada día y, entre ellos, cómo no, ejercí el de revisar si había algún mensaje urgente en mi celular. No me extrañó ya la ausencia de los gatos hambrientos de mis hijas a la expectativa de mis primeros movimientos, pues siempre he asumido con agrado la soledad cuando sé que de mí depende terminarla. En las redes no encontré ninguna noticia relevante ocurrida durante la madrugada, pero sí un meme muy gracioso que se burlaba de Morrissey. Obviamente, se lo envié a Karen de inmediato.

Bañarme con una bolsa de plástico en la pierna ya se había convertido en un trámite sin consecuencias, y el hecho de que la señora que me ayudaba dejara fruta picada la tarde anterior hacía mucho más fácil la rutina de desayunar temprano. Las muletas ya eran extensiones asumidas. Aun así, cada vez que hablaba con Karen y ella volvía a deslizar algún atisbo de culpa por no estar conmigo en ese trance, yo me las arreglaba un poco para preocuparla y un poco para divertirla. «No sabes lo difícil que es treparse a un banquito y cambiar un foco», le decía, y aunque ella entendía que le estaba mintiendo y también reía, ambos sabíamos que lo único que hacía soportable mi agresividad pasiva era el humor con que la recubría.

Una vez que dieron las seis y quince, el timbre sonó con la puntualidad de un reloj atómico.

«Bajo», respondí con entusiasmo.

Cinco minutos después, Hitler y yo ya estábamos rumbo al circuito de playas, en dirección al sur, para nuestro periplo en otra provincia.

Esta vez, salir de Lima implicó atravesar primero el enorme distrito de Chorrillos, una alfombra polvorienta que se desenrolla desde las faldas de un morro junto al Pacífico, hasta el asfalto de la Panamericana Sur. Calculo que fue a la altura de los pantanos de Villa, junto a esos milagrosos juncos brotados del desierto en los que se guarecen aves migrantes, cuando entre Hitler y yo emergió el tema de mi última novela.

—¿Usted ha ido antes a ese colegio, míster? Porque a la franca que no lo conozco.

—Nunca he ido… pero confiemos en el Waze.

Algo comentó entonces sobre esa zona de Cañete a la que nos dirigíamos. Me quedó claro que la conocía, pero que en verdad había pasado su infancia entre los algodonales de San Vicente, donde sus ancestros habían trabajado esclavizados cinco generaciones atrás, y no en Imperial, que era nuestro destino final. De pronto soltó una pregunta que también podía pasar por afirmación.

—Y esos chicos se han leído la novela…

No se me pasó por alto que había dicho «la» novela. Una manera de confesar, tal vez, que consideraba esas páginas como el mayor testimonio de nuestra relación.

—Noooo… —subrayé la imposibilidad—. Son chiquillos todavía. Lo que han leído es un libro más corto, más para su edad.

En ese momento, la larga avenida llegaba a su fin, entre pantanos cada vez más amenazados por la ciudad. Pronto debíamos empalmar con la Panamericana Sur. De hecho, a un kilómetro del parabrisas nos esperaba un último y probable motivo de atasco en Lima: el peaje de Villa.

Desde niño tengo la costumbre de imponerme metas absurdas en mitad de mis quehaceres, retarme en secreto a llegar a tal esquina antes de que aquel transeúnte lo haga por su lado, o recordar el nombre de tal canción antes de que termine una tanda comercial, una dosis minúscula de adrenalina para encrespar un poco el agua calma. Esa vez, quién sabe por qué, el acercamiento a las casetas del peaje se convirtió en un aliciente para que por fin me decidiera a soltar una pregunta que tenía atascada desde hacía días.

Ya faltaban cien metros, o algo más.

Ahora, unos setenta.

Cincuenta metros.

Cuarenta.

Casi nada.

Traté de sonar despreocupado.

—¿Y usted leyó la novela, don Hitler?

A nuestro auto le tocó estar en la fila detrás de una kombi Volkswagen, y lo recuerdo no solo por su llamativo color turquesa, sino porque llevaba en el techo un atado de tablas hawaianas.

—Sí, míster... muy bonita.

Me sentí un imbécil por haberlo colocado en ese compromiso, porque quizá no la había leído y le daba vergüenza decírmelo.

O, lo más probable: porque tal vez la había leído y no le había gustado.

Me quedé observando sus manos sobre el volante, sufriendo el silencio incómodo que yo mismo había auspiciado, y recordé la vez en que una lectora me preguntó si no había sentido culpa cuando describí sus dedos como pequeñas morcillas.

—Se lee rápido —añadió Hitler.

Cuando alguien me suelta una frase de esas, mi lado inseguro la interpreta como un inconsciente reclamo de densidad, en vez de verla como el reconocimiento a cierta eficacia narrativa, pero esta vez, dadas las circunstancias, decidí tomarle el lado más amable: agradecer que el tormento se hubiera hecho corto.

—¿Algo que no le gustó? —me atreví.

Ya había lanzado mi piedra y fue inútil rogarle que regresara. El agobio se acrecentó cuando, en vez de salir del paso con una mentira piadosa, Hitler se puso a mascullar para sí mismo.

En ese trance estábamos cuando a la kombi que nos antecedía le tocó el turno de avanzar hacia la caseta. Ya que mi auto no tenía la pegatina del pago sin contacto, tuve que buscar mi monedero. Hitler estuvo a punto de decir algo, pero pareció arrepentirse.

—¿Boleta o factura? —nos preguntó la cobradora.

Le respondí que factura y le di el registro de la editorial, al mismo tiempo que vaciaba mi monedero. Como faltaban cincuenta céntimos, Hitler puso de su bolsillo, un gesto que agradecí.

Una vez que pasamos la tranquera, ante el ancho asfalto que invitaba a agitar los pistones, me convencí de que no valía la pena insistir con la novela. Busqué entonces cambiar de tema. Improvisar algo sobre el clima o sobre la canción que estaba sonando. Pero no contaba con que Hitler, probablemente, se sentía en deuda con su respuesta.

—Una cosa, sí... —soltó de pronto.

—Con toda confianza, don Hitler.

Su sonrisa le resultó mueca.

—Que haya puesto que ese patrón se enamoró de mí.

Recordaba claramente ese pasaje. Sobre todo, el término «oralidad» con que Hitler se había referido a la felación: «Me pidió hacerme una oralidad». Me había hecho tanta gracia cuando lo escuché. ¿O me lo había inventado al escribir esa escena? Si al cabo de un tiempo los recuerdos que creemos reales se convierten en desdibujadas fotocopias de fotocopias, ¿qué se puede esperar del recuerdo de una ficción en la que se ha mezclado adrede lo que creemos real con lo que fantaseamos?

Por mi mente pasó contestarle que la ficción tiene sus propias reglas, que todos somos ficciones caminantes, esas racionalizaciones que nos creemos los escritores y los académicos de la literatura para justificar nuestra rapiña y sus regalías, pero un rapto de sinceridad me hizo recordar que el hombre que tenía a mi lado había sido el aliado más genuino durante aquella aventura nocturna que había involucrado la salud de mi Bárbara, y que no merecía ese tipo de huevos.

—Perdóneme, don Hitler —solté.

Quizá mi compañero no se esperaba esa reacción, porque se puso a tartamudear entre nervioso y agradecido.

—No, míster... todo bonito...

A nuestra derecha vi cómo rebasamos la kombi, un sexteto de chiquillos reilones y su instructor rumbo a alguna playa, en tanto Hitler trataba de hacerme sentir mejor.

—Usted me ha hecho quedar bien —me aseguró.

Quizá porque estábamos a solas en un auto, recordé aquella anécdota compartida por John Banville.

—Una vez un escritor muy prestigioso estaba en el carro con su esposa y empezaron a discutir. En eso, la mujer le dijo una frase que sonaba muy bien y él puso *stop*. Le preguntó: «¿Puedo usar eso?». La mujer se molestó: «Eres un monstruo». «Lo sé, ¿pero puedo usarlo?».

—Mire usted —sonrió Hitler.

—Usted se acuerda de Karen —le dije.

—Cómo no me voy a acordar.

Hitler volvió a sonreír. Mi novia suele activar entusiasmos con solo pronunciar su nombre.

—Ella siempre me llama «vampiro» —reí—, y dice que quienes hablan conmigo deberían cobrarme una tarifa por palabra como hacen las empresas eléctricas, pero lo dice con cariño. La mujer de ese escritor era artista, Karen es una gran lectora… y creo que las dos entienden que los escritores, los artistas en general, son caníbales de la vida de los otros. Para hacer verosímiles e intensas nuestras obras, muchas veces tenemos que basarnos en hechos que elevaron nuestras emociones. Traducimos esas emociones a códigos, a frases, para que del otro lado los lectores vuelvan a sentir esas emociones. Como hacen los teléfonos, como hacen los telégrafos. Para que algo suene real, tiene que partir de una emoción real. No sé si me entiende.

—Claro —asintió—. Para mentir bien hay que creerse bien lo que se va a decir.

—Exacto —me entusiasmé—. Usted lo ha dicho. Si los mitómanos «mienten» tan bien es porque creen que lo que dicen ha ocurrido de verdad. Quizá por eso yo mismo he caído en la tentación de narrar hechos, digamos «reales», con la esperanza de que la emoción que sentí al vivirlos sea transmitida tal cual.

—A mí me emocionó su libro, míster.

—Usted es muy generoso, don Hitler —me emocioné yo también—. Pero eso no quita que, en nombre del arte, haya víctimas puntuales de la indiscreción. Y no sé si eso sea justo, la verdad. Por eso le pido perdón.

—Tranquilo, míster. Un sancochado y todo olvidado.

Nos reímos y aquel kilómetro se convirtió en el más esplendente del camino.

El sol ya se elevaba a nuestra izquierda, sobre las rampas iniciales que anteceden a los Andes: empinadas lomas que, de no nublarse el cielo, en unas horas serían arena ardiente. Conforme dejábamos atrás Lima, podía verse en la lejanía de esas cimas algunos galpones avícolas que protegían a millares de pollos mediante aquel aislamiento; en tanto a la derecha, los balnearios más integrados a mi ciudad monstruosa se despedían en el retrovisor. Recientemente había aparecido un fenómeno culinario junto a la carretera; eran unos hornos a leña, bajo techumbres de paja y palo, de los que salían humeantes unos pancitos planos que venían rellenos de queso andino, de aceitunas locales o de jamón con orégano. En verano, las filas eran grandes como los antojos, algo que por la hora del día y la época del año era difícil de creer al ver hoy cerrados esos negocios en esa soledad. Recuerdo que una vez, rumbo a la playa, hicimos una parada en el primer local que hubo de esos: la mirada de mi mamá se llenó de infancia cuando avistó uno de esos hornos de piedra en forma de cúpula.

«Mi abuelita tenía uno así en Iquitos», nos dijo, y pasó a recitar los tipos de panes, dulces y carnes que mi bisabuela Rosario cocinaba a la leña. Desde entonces, mi madre ha salido cada vez menos de su casa, pero a veces se acuerda de esa mañana y me pregunta cómo estará aquel horno, como si fuera una mascota a mi cuidado; y yo a veces le caigo de sorpresa luego de un día de playa y le entrego panes que han recorrido una centena de kilómetros para llegar hasta ella y le digo que aquel horno se los envía y que le manda saludos.

Yo no soy tan animista como mi madre, pero algo tengo de su espíritu.

Por ejemplo, a Hitler me guardé de confesarle que el peaje de Chilca, unos kilómetros más adelante, me parece el portal que zanja definitivamente los extramuros de Lima y que algo dentro de mí me susurra que el aire es distinto al trasponer sus casetas: dentro del cráneo se me abren humedales insólitos en el desierto y valles ubérrimos que le exprimen el agua a los ríos cortos y angostos de la costa.

Conforme nos acercábamos a dicha tranquera vial recordé mi monedero vacío, pero también me acordé con alivio de que allí sí se podía pagar con cualquier tarjeta bancaria. Al mismo tiempo, sobrevolé por anticipado la región que nos esperaba: la larga playa de Puerto Viejo, ahora atiborrada de casas burguesas; el desvío al valle de Azpitia y sus uvas pisqueras; la playa de León Dormido y el portentoso promontorio rocoso que le otorga su nombre; la larguísima playa de La Ensenada y ese perfil rocoso de mandril en su extremo sur que puede verse por unos metros según la perspectiva que otorga la carretera —un secreto que me fuera regalado por el papá de Karen—; el inesperado verdor del valle del río Mala, en cuyos caminos es usual toparse con caballos de paso que zapatean el polvo con primor, una feracidad solo superable por la del gran valle del río Cañete, en donde un par de escuelas me esperaban entre sembríos y almacenes para cumplir una promesa de mi editorial.

Una vez que dejamos atrás el peaje de Chilca, mientras a nuestra derecha se extendía el humedal de Puerto Viejo, fue como si Hitler hubiera leído mis pensamientos.

—Todo esto no había —señaló el espejismo de casas blancas más allá de los juncos—. Con mis amigos veníamos desde Cañete a correr olas de pechito.

—Sí —le confirmé—, hasta ahora hay tablistas que corren allí.

No me animé a decirle que me había topado con ellos en mis caminatas entre las brumas del primer sol, durante los veranos en que ocupo una de esas casas que ahora brillaban bajo la resolana temprana. Tampoco le dije que cuando me dedicaba al mucho más lucrativo rubro de la publicidad, mi socio me dio como parte de nuestras regalías un terreno rodeado de brisa y vacío, lejos de saber que treinta años después todas esas franjas del litoral iban a estar llenas de familias que aprovecharon la recuperación económica posterior al cambio de siglo; y menos le dije que, a causa de esa fiebre que había creado burbujas estivales de orden y prosperidad, a personas como él le sería ya imposible acercarse a mojar los pies en lo que antaño habían sido playas de franco acceso.

—En Asia no hay esas olas —comentó.

En efecto, la enorme playa que Hitler había mencionado, esa que nos aguardaba algunos kilómetros más adelante, no resonaba en mí como un lugar especial para correr olas. Cual si fueran naipes, mi mente repartió imágenes de revistas estivales en que los limeños pudientes mostraban sus actividades en esas arenas, y en ninguna apareció alguien portando una tabla hawaiana. Cuatrimotos, sí. Areneros, también. Lo mismo que motocicletas de cross y bicicletas de alta gama, pero ningún vestigio del deporte que más medallas le había otorgado últimamente a mi país.

—¿Usted iba también a Asia? —le pregunté.

Me imaginé a Hitler de chiquillo con sus amigos, los pantalones cortos y la piel más negra que nunca, yendo de excursión a esa enorme pampa de arena que años después se convertiría en el epítome de nuestra frivolidad.

—Iba, pero para chambear, míster —me corrigió sin saberlo—. Cuando era chofer de una familia... no sé si se lo dije.

Recordé que sí, y que incluso había consignado en nuestra novela una escena nocturna en esta misma carretera, en la cual Hitler salía bien librado de un asalto con púas en el asfalto.

—¡Unas casotas! —suspiró admirado— Pala...

—Sí, les han metido un platal. Es nuestro Dubái.

Hitler se rio conmigo.

—Un compadre mío que es maestro de obra me ha dicho que ahí van a construir un hotel de lujo —me aseguró.

No pude dejar de preguntarme qué sería para mi conductor un hotel de lujo.

De pronto, ante dicha imagen en mi cabeza, lancé un grito:

—¡Noooo, carajo!

Hitler estuvo a punto de orillar el auto.

—No es nada —busqué tranquilizarlo, mientras volvía a rebuscar inútilmente en mi monedero—. Siga nomás.

En los kilómetros que luego recorrimos, los pistones de mi mente no dejaron de recordarme que el descuido que había tenido debía ser el síntoma de algo más profundo.

El inconsciente, que me había torcido el brazo.

O, tal vez, la evidencia de que el último deseo de una madre, sembrado en un hijo culposo, tarde o temprano germina hasta que sus ramas te atraviesan el pecho.

Esa noche me enfrenté a un amplio río iluminado por la luna y a la sensación de que mi vida dependía de cruzarlo: un Rubicón selvático frente al cual no tenía la más mínima intención de soltar el salvavidas que era mi almohada. Intuía que en esas oscuras aguas acechaba una anaconda mítica, y una ondulación de aquel delirio me llevó a relacionarla con la verga de Hitler. Al mismo tiempo, mi yeso se volvió más opresivo, como si quisiera recordarme que con él me hundiría en esas aguas negras. Y, para colmo, un zancudo poco usual en la primavera limeña, a nueve pisos de algún charco de la calle, me hostigaba en la oreja y en ambas esferas de la percepción. Aquel espiral movedizo hizo de mi dormitorio una cámara de torturas de baja intensidad y fue recién cuando empezaron a cantar los primeros pájaros de la madrugada, mientras que por encima de ellos tronaban los primeros aviones del día, que pude quedarme dormido sin sobresaltos.

Me desperté cansado, como era de esperar, pero también preocupado.

Me pregunté si haber dejado mi rutina de ejercicios a causa del yeso no tendría que ver con mi creciente desequilibrio. Somos criaturas creadas por la aleatoriedad, sujetadas a un planeta en los suburbios de una galaxia, que a su vez viaja disparado por una explosión inexplicable. ¿A qué aferrarse para creer que todo esto tiene algún sentido? Algunos optan por creer en un relato primario y confían en que un dios les resolverá el enigma tras la muerte. Otros son igual de pragmáticos, aunque en el otro extremo: abrazan sin objeciones el sinsentido, y hacen incluso del caos su forma de vida. Pero también existen quienes, como yo, rara vez se atreven a apostarle a alguna certeza, y buscan en la repetición de ciertas rutinas un punto de apoyo para que algo de previsibilidad les otorgue la ilusión de que existe un sentido: levantarse a la misma hora, acostarse siguiendo un rango, comer la fruta primero y después la tostada o, como es mi caso, hacer ejercicios matutinos para luego sentarse a escribir. En los últimos días podía culpar a mi pierna herida por la inacción física, ¿pero a quién podía culpar por no visitar la escritura? ¿De qué estaba compuesta el agua de ese río amenazante bajo la luna?

Decidí entonces ocuparme de lo más sencillo: esa mañana saldría a caminar, porque el solo hecho de intentarlo me haría bien.

Le acerté al botón del ascensor con la muleta, me estudié las ojeras mientras descendía en la caja iluminada, saludé al buen Yashin y le pregunté por Rodión Románovich, pero rechacé su amable intento de ayudarme a bajar el par de gradas que me separaban de la vereda.

Una vez enfrentado a la bocacalle que se abre al malecón, y deseando tener pelo para que la brisa me despeinara como a un héroe mitológico, apreté las empuñaduras y empecé a pendular controlando mi respiración. Si bien tardé en llegar al borde del acantilado más que en mis días de bípedo, mi agitación y el esfuerzo de mis brazos lo compensaron, y mucho: decidí que bastarían doscientos metros de ida a lo largo del malecón y otros tantos de vuelta para sentirme satisfecho.

Mientras me cruzaba con los últimos corredores tempraneros, impostando concentración en mi esfuerzo para no tener que saludar a alguno en caso de que fuera un conocido, pude observar que, frente al Callao, la isla San Lorenzo recibía el beneficio de unos rayos solares escapados a la telaraña nubosa. Y que, al este de la isla, al extremo de lo que un día antediluviano debió haber sido la parte angosta de una península, brillaban en tierra firme las casas y edificios de La Punta. Recordé que hace muchos años, cuando escribí mi primera novela y recordaba mi reencuentro con Lima tras mi infancia vivida en el norte, expresé en la extrañeza de mi alter ego mi propio asombro al descubrir, durante un día soleado, que todo ese tiempo había estado ante la bahía esa isla desértica, la más grande de mi país, escondida tras la bruma como una nave pirata; una montaña de arena que, esparcida por algún coloso, se dejaba ver de acuerdo a las veleidades del clima.

Cuando llegué resollando a la altura de la calle Porta, aproveché para descansar y masajearme las manos. Al pie del acantilado, en la autopista ganada al mar, el tráfico ya avanzaba espeso. Mi día también debía hacer lo mismo, ¿pero hacia dónde?

Por fortuna, el timbrazo del teléfono me libró por un rato de esa preocupación.

—Amorororor... —sonó la voz de Karen.
—¡Ñomi ñomi! —se me endulzó la garganta.
—¿Qué haces, mor?
Mi lengua se disfrazó de bíceps.
—Ejercicio.

—¿Ejercicio? —se alarmó.

Le expliqué que tan solo había salido a caminar para no perder la costumbre, aunque, ahora que lo pienso, tal vez era mi taimada manera de recordarle que ella también debía ejercitarse y no descuidarse.

—¿Cuándo es tu primera clase? —le dije después.

—Pasado mañana.

La imaginé aterrizando en Múnich, al encuentro de ese idioma que había aprendido en su colegio de monjas, cumpliendo el primer paso para enfrentar el postgrado que se había impuesto. Por ahora estaba aprovechando su escala en Bogotá para pasar unos últimos días de latinidad con su hermana y sus sobrinos.

Luego de intercambiar impresiones sobre las series que veíamos en paralelo a la distancia, sobre ciertos chismes diseminados en las redes, y de provocarnos risas con las acrobacias de nuestros códigos particulares, mi novia dio un suspiro de alivio.

—Ya me acordé para qué te llamé.

—Suelta.

—No te olvides del grabado, ya le dije a Rosa que te lo deje envuelto.

—Perfecto dijo el prefecto...

—...mientras le auscultaban el recto.

Reímos otro poco.

—Ahora mismo llamo a Hitler —la tranquilicé.

—¡¿Cómo está?! —se alegró al oír su nombre.

—Un poco más gordo.

Iba a comentar sobre el poco ejercicio que debía hacer debido a su oficio, pero me lo callé. En lugar de eso, le comenté sobre el pequeño incidente del día anterior en mi auto.

—Ayer lo asusté al pobre... —me reí.

Le conté que, distraído como estaba con mi conversación con Hitler, vacié mi monedero en el peaje sin darme cuenta de que también se había ido aquella moneda que había guardado durante tantos años.
—Noooo...
—Tal como lo oyes.
—Pero puedes conseguirte una igual —intentó tranquilizarme.
—Sí, pero sabes que no es lo mismo.
Karen asintió, o al menos eso pensé que hacía.
—Creo que es una señal —dije al cabo.
Ella sabía a qué me refería. Soy consciente de que en las cinco décadas que llevo de existencia, en mí se ha producido un arco de apertura verbal: de un niño excesivamente temeroso de expresar lo que piensa y siente, a un tipo que se abre a ciertas personas con razonable franqueza. De estas pocas personas, Karen es la que más sabía de mí porque supo crear entre nosotros un clima limpio de juzgamientos.
—Siéntate a jugar —me dijo de pronto—. ¿Así no escribiste la última?
Para variar, tenía razón.
Cada novela que he escrito ha nacido de la intersección de mis preocupaciones con mis ganas de jugar con alguien. ¿No es jugando que los niños procesan lo que hasta ese momento es intuición? Tal vez ya era el momento de bosquejar un tablero y de llenar sus senderos con escenas para completar.
Karen susurró.
—Tengo que irme, mor... No olvides el grabado.
—Tranqui.
—Y no asustes al pobre Hitler.
Sonreí, un poco por el recuerdo de su expresión

tras mi grito, y otro tanto por la manera en que tuve que explicarle la causa sin enredarme demasiado. Es probable que mi relato nos haya tomado el resto del trayecto hasta Cañete, porque en mi memoria el recorrido se hizo muy corto y corto es el tiempo para quien lo llena hablando.

Le conté sobre aquella mañana, cerca de diez años atrás, y el tráfico apiñado que encontré rumbo al centro de Lima. No entré en detalles menores, como que ante un semáforo, mientras un chiquillo hacía malabares con unas pelotas, puse música de Jobin para que mi madre se sintiera a gusto. Tampoco le dije que, como temía que llegáramos tarde a la ceremonia, de puro nervioso me puse a pellizcar su mano: su piel blanca, salpicada de manchas de sol y frituras, me pareció una nata quebradiza al tacto. Una nata fría. Me alarmó pensar que se le hubiera bajado la presión debido a que íbamos retrasados: aunque mi madre no me lo haya admitido, aquel día debió haber sido para ella el más importante de los últimos tiempos, y por eso, tras el volante, yo maldecía en silencio a esos taxis y buses que nos ponían trampas con sus maniobras.

Por fortuna, conseguimos llegar antes de los discursos.

Mientras iba contando todo esto, Hitler asentía. A veces se mordía los labios para no interrumpirme, y otras veces buscaba pequeños detalles que lo hicieran sentir en el lugar: por ejemplo, cuando le hablé del tráfico y de mi impaciencia, me preguntó si hacía calor, y cuando le respondí que no especialmente, pero que sí recordaba cierta resolana, se sintió satisfecho, como si hubiera sido él quien hubiese trasladado a mi madre.

Le conté que una funcionaria regordeta, de traje oscuro, gestos nerviosos y probablemente de mi edad, se encontraba esperándonos en el portal del edificio granítico y, por la forma en que nos saludó —¡tía querida!—, me di cuenta de que se trataba de una lejana familiar nuestra. Deduje que era ella quien había llamado a mi madre para asistir a la ceremonia. Habría pensado, seguramente, que su presencia sería el moño que le faltaba a ese circunstancial regalo que el Estado peruano le hacía a nuestra cultura y a nuestra familia. El ascensor al que ingresamos se llenó de nombres que solo ellas asociaban a los mismos rostros y también se impregnó de esa cordialidad que tiene mi madre, que logra que la gente le hable más de lo que acostumbra. Luego salimos a un pasillo alfombrado que amortiguaba nuestros pasos y, casi al final del recorrido, un funcionario de relaciones públicas tomó la posta de nuestra guía. Por alguna razón misteriosa, recuerdo que la entrada al auditorio olía a cera. Como el suelo estaba alfombrado, probablemente se trataba de un conservante que les habían aplicado a esas paredes enchapadas en madera.

Unos pasos más, y el auditorio nos engulló como una ballena con costillas de mármol.

En las primeras filas estaba sentada buena parte de mi familia materna —la gran mayoría, le aclaré a Hitler, eran desconocidos para mí— y, más atrás, se apretujaba una multitud de coleccionistas que también esperaban la caída de la tela. Cuando el presidente del Banco Central de Reserva tomó el micrófono —era un hombre grueso y sus lentes delataban una miopía inflacionaria—, me puse a mirar de reojo la carita de membrillo de mi madre y recordé todas las veces que la había acompañado como un hijo obediente a películas, circos y obras de teatro. Ahí sentado, volví a confirmar que en ninguna función la había visto mostrar las emociones que la sacudían y esa vez mantuvo su récord de mujer imperturbable en público. Me pareció, eso sí, que su boca se relajó un poquito cuando el altísimo funcionario mencionó la corta biografía de mi abuelo —recuerdo que nombró a Gustavo Eiffel y a Julio Verne como sus amigos—, y la relacionó con esa época, ya lejana, «de hombres de carácter».

Y, de pronto, cayó la tela.

Sobre un bastidor de terciopelo verde apareció una réplica gigante de la nueva moneda de un sol que desde ese día iba a ocupar los bolsillos del país. Los aplausos me sonaron a lluvia amazónica y mis palmadas tampoco fueron remolonas. Mi emoción distorsionada me llevó a imaginar a aquella moneda plateada en la primera propina que recibe un niño, en el pago que un humilde cuidador de carros recibe bajo el sol, en el vuelto que airada reclama una señora que sostiene a su familia y, debo aceptarlo, me vi obligado a aclarar la garganta. En una de las caras de la moneda aparecía grabado el legendario Hotel Palace, el primer hotel de lujo que tuvo el Perú, antes incluso que en la vanidosa Lima, un palacio que mi abuelo hizo construir a orillas del río más colosal de la Tierra, en un pueblo que entonces no presentía que los lujos traídos por el caucho estaban por hundirse, tal como lo había hecho el Titanic tres meses antes. Es posible que haber perdido mi moneda en el peaje me hubiera exaltado y que eso me llevara a la exageración, porque le aseguré a Hitler que no existía un acuñador que le hiciera justicia a un palacio así.

¿Cómo dejar en el metal una constancia de los azulejos pintados a mano en Lisboa y Sevilla, de los balcones forjados en Francia, del mármol cincelado en Carrara, de las vajillas traídas por mar y río desde Inglaterra? Y, sin embargo, le aseguré, el trabajo en la moneda había sido primoroso. No dejaba de ser impactante que el artesano se hubiera dado maña para labrar en ella las iniciales de mi abuelo, esa O y esa V que hasta hoy se ven en el frontis del edificio en Iquitos, una ciudad que ahora es cumbia, caos y desenfreno.

No sé si esa mañana mi madre se dio cuenta de que, después de esa moneda, era ella la que acaparaba la atención: la única hija viva de Otoniel Vela, ni más ni menos, a ochenta años de su muerte. Soy testigo de las innumerables fotos que le tomaron en el cóctel: una anciana bajita, de sonrisa contenida, con el pelo muy ralo, rodeada de parientes que alzaban sus vasos. Yo le susurré en joda —pero esto no se lo conté a Hitler— que querían una foto con la reliquia, y ella mandó al carajo al burlón de su hijo con esa dulzura que llevaba en alguna alforja secreta. Fue a lo largo de esos brindis que volví a confirmar que todos los ramales de mi familia materna forman una espesura a la que siempre me ha dado recelo entrar, ya sea por timidez o por lo complejas que son sus historias: muchos nombres que se repiten, muchos hijos fuera del matrimonio y demasiados primos que podrían ser casi mis abuelos.

Esa misma noche publiqué en Facebook un par de fotos de la ceremonia y puse, a grandes rasgos, que la historia de mi abuelo y de su palacio merecía ser contada. De ese día había transcurrido toda una década y yo seguía sin cumplir con el reto.

Y así se lo confesé también a Hitler.

Antes de empuñar las muletas para volver a casa, guardé el celular aún impregnado con la voz de Karen y le di una última mirada a la isla San Lorenzo.

Entre la bruma, una curiosa franja de luz le seguía lloviendo en diagonal.

Mi mamá me habría dicho que era un buen presagio.

Al recordar aquellos días, si se le puede llamar recuerdo a una impresión monótona en la que uno decide creer, la imagen que más me visita es la de mis traslados por la ciudad, a unos centímetros de Hitler, mientras mantenemos conversaciones anodinas con algunas excepciones conmovedoras. A ello contribuyeron las malditas muletas, que me inhibían de salir espontáneamente con los amigos que por entonces estaban en Lima. Además estaba el hecho de que Aura y Bárbara ya estaban compartiendo vida con sus parejas y de que se habían sumado al despiadado tren laboral en cuyos rieles también llegué a perderme, sin olvidar que Cordelia estaba estudiando un curso en Estados Unidos, aprovechando la residencia de su madre. No obstante, la mayor causa de mi desconexión con el mundo se debía al espíritu de reclusión que me habita cada vez que trato de exprimirle una novela al teclado.

Si es cierto que uno solo conoce de verdad a alguien cuando va encerrado en un auto con él durante largas distancias, podría decirse que Hitler Muñante y yo terminamos por confirmar lo que en mi anterior novela había sido un deseo de la ficción.

Nos llevábamos bien.

Tanto era así, que me habría sido difícil describirle a alguien su relación conmigo. Para los fines prácticos, me refugiaba en el lenguaje protocolar: «Mi conductor asignado pasará por el documento», solía decir, por ejemplo, en lugar de referirme a él como mi chofer. La funcionalidad por encima de la humanidad, aun cuando Hitler se reveló como la persona más confiable en ambas dimensiones.

La tarde en que fuimos a recoger el grabado sacó el carro de mi edificio a la calle, como siempre, y me ayudó a abordarlo ante la atenta mirada de Yashin. Mientras me apoltronaba, noté que un señor mayor, algo encorvado, de tez canela y mirada curiosa, me observaba con interés mientras paseaba a un perrito de raza indeterminada. Calculé que tendría la edad de mi padre de haber seguido vivo y, en los kilómetros que siguieron, me enfrenté a las consecuencias de preguntarme qué habría opinado él de haber sabido que tenía un chofer, aunque fuera de manera transitoria. Los juzgamientos de nuestros padres viajan por nuestra sangre con más determinación que los anticuerpos: ¿se habría puesto orgulloso? ¿Le habría parecido ridículo? ¿No pertenecía él a una generación y escala social que consideraba que abdicar del auto equivalía a abdicar de la hombría? ¿Y qué habría pensado yo, a la temprana edad en que absorbía todas las miradas de mis padres? Si me hubieran preguntado qué quería ser de grande cuando era un niño que jugaba con autitos de lata, habría dejado de lado a la astronáutica, al fútbol y al combate de los incendios, porque quería ser taxista: en mi cabeza no cabía oficio más feliz que conducir un auto y que, encima, te pagaran por ello.

No se lo conté a Hitler, por supuesto.

Habría sido una falta de respeto a sus almorranas.

Lo que sí le conté es que por entonces me había dado por juntar los cromos de un álbum que había catalogado a los autos que se fabricaban en el mundo y el entusiasmo con que descubrí las audaces formas de los Lamborghini, los Lancia y los Mustang.

Un bienestar parecido me visitó cuando a mi lado escuché su reacción:

—¡Yo también lo llenaba, míster! Pero no lo terminé.

—Yo tampoco —confesé.

Iba a decirle que mi padre solo me soltaba dinero en ocasiones excepcionales, pero me callé.

—Salían unos carrazos... —se entusiasmó Hitler—. ¡Uy! Como ese.

A nuestro lado, mientras salíamos del paso a desnivel de la avenida Primavera, pasó zumbando un Ferrari amarillo. En un país tan desigual y corrompido como el mío, la aparición de lo que para la enorme mayoría sería una nave extraterrestre siempre genera preguntas sobre su procedencia. ¿De qué planeta sería su dueño? ¿Del de la minería legal o ilegal? ¿Del empresariado formal, del narco, o la tala? ¿Del de las apuestas? ¿Del de las constructoras que sobornan al Estado?

—Un pura sangre en un corral —comenté.

—De cuyes —agregó Hitler.

En efecto, a los pocos segundos ya estábamos junto a la nave, reunidos en el semáforo de la Velasco Astete.

—¿Ve? Con este tráfico y estos baches... qué desperdicio.

Hitler asintió, pero, al igual que yo, no pudo dejar de acariciar las curvas del auto con la mirada. A esa hora el sol se encontraba a nuestras espaldas, dirigiéndose hacia el océano, y ante nosotros los primeros peldaños de los Andes adquirían un tono más cálido. A diferencia de los cerros polvorientos ubicados al sur y al norte, las colinas que se encuadraban en nuestro parabrisas no estaban pobladas por miles de casitas que alguna vez fueron palos y esteras, sino por residencias agraciadas por jardines y piscinas: un pequeño estado paralelo erigido sobre laderas secas que, con mucho dinero e ingenio, había hecho emerger vergeles protegidos por muros y tranqueras. Al pie de uno de esos condominios ricos, Las Casuarinas, se encontraba la casa en que había crecido mi novia, en una zona de amortiguamiento entre la clase media y los magnates de nuestro país. Si Karen y yo nos conocíamos era porque pertenecíamos a ese estrato no muy alejado de la cúspide en el que pugnan la complacencia de estar a cierta altura y el temor de resbalar abajo; una terraza en la que conviven las comodidades junto a las taras más clasistas. Por ejemplo, ahora que entrábamos a su barrio, una reja nos cerraba el paso a su parque. El vigilante reconoció la marca de mi auto —o tal vez me reconoció a mí—, y el chirrido acompañó a la apertura. Lo saludé mientras avanzábamos, convencido de que si Hitler se hubiera aparecido solo y con otro tipo de auto, le habrían pedido sus documentos, porque en mi país el color de piel es usado como un preantecedente policial o, si se es lo suficientemente blanco, como una contraseña a salones más encumbrados. Un centenar de metros adelante, frente a la casa de Karen, vimos que un camión de la municipalidad se había estacionado junto a uno de los eucaliptos del parque y que unos hombres con mameluco gris colocaban una escalera.

—Van a podarlo —comentó Hitler.
—Esos cuatro árboles de ahí los plantó el papá de Karen cuando esto todavía era un terral.
—Mire, ve.

Hitler bajó y me alcanzó las muletas. Forcé mi agilidad como un niño que quiere demostrar que es hábil en un deporte y, unos segundos después, ya había abierto la puerta de la casa.

—Va a ser un ratito, nomás —le informé.

La madreselva que resbalaba en la entrada aún estaba acopiando el perfume que iría a soltar por la noche, y el patio donde antes solía haber patinetas, pelotas, cacas de perros y areneras de gatos estaba limpio, denotando las muertes, las mudanzas y los otros cambios ocurridos en esa familia desde que me habían aceptado en ella. Un poco de sal ocupó mi garganta en tanto las ausencias acompañaban mi tránsito a la sala. Entre muebles y decorados de otra época, el silencio me transportó a un museo: toda familia vive indiferente al hecho de que es cosa de tiempo para que sus pertenencias sean material arqueológico. En la sala busqué con la mirada el sillón de lectura y, tal como me había informado Karen, en su taburete para los pies, Rosita había dejado el grabado, a medio metro de un retrato de quien había sido mi suegro. El viejo sonreía con esa timidez que solo podía ser vencida con la ayuda del whisky. Si a mí se me encendía el pecho al ver su foto, ¿qué no sentiría su hija? Quizá, algún día, me animaría a contar sus últimas semanas en esa casa. No tenía claro cómo lo haría para evitar ser un infidente, pero algo se me ocurriría. Lo único irrebatible era que con Ignacito estudiando en el extranjero, esa casa ya no era viable para mi novia: así como hay un límite para que la estrechez alrededor de una persona se considere indigna, hay un límite para que el exceso de vacío no se convierta en soledad.

Agarré el paquete y mis dedos palparon el leve tallado del marco a través del papel de estraza. No recordaba bien cómo era el grabado, solo sabía que había estado colgado en el dormitorio de mi suegro, que era de Szyszlo, y que todos los Szyszlo se parecen entre sí, como las Kardashian.

De pronto, confirmé lo estúpido que soy.

¿Cómo demonios iba a cargar el grabado con esas muletas?

Me pareció humillante y doblemente extenuante salir para solicitar la ayuda de Hitler, así que sopesé el paquete y agradecí que el cuadro no fuera demasiado grande. Me encajé un borde del paquete entre la barbilla y el pecho, y me aventuré a avanzar acrobáticamente. A medio camino, junto a la puerta de la cocina, me detuve a descansar. Me dio risa pensar que al día siguiente pudiera tener un dolor de papada, y también imaginé la risa de mi novia si se lo llegaba a contar. Ver esa cocina vacía, con la luz apagada, me dio otro bofetón de nostalgia. Cuántas veces no había visto a Karen cocinar allí mismo guisos, chupes y sopas para agasajar a su familia. Lo más probable era que ella estuviera despidiéndose lentamente de esa casa desde hacía meses, y que yo lo estuviera haciendo allí, en ese momento. De ahí la nostalgia. Así como yo me estaba llevando el objeto de arte más preciado de esa casa, en las próximas semanas las antiguas empleadas, Rosita entre ellas, se llevarían la mayoría de muebles.

Pero quizá mi pena súbita no tenía que ver solo con esa casa.

Tal vez hubiera estado usando esas paredes como la proyección de otras.

¿No era verdad que, últimamente, cada vez que regresaba de la casa de mi madre lo hacía con una nostalgia anticipada? ¿No era verdad que ella también se estaba deshaciendo de sus objetos de a poco, regalándoselos a sus nietas y a Karen? ¿No era cierto que, conforme pasaban los meses, me despedía de ella estrechándole un poquito más el abrazo?

Basta, me dije, y volví a apretar el cuadro contra mi papada.

Para avanzar y a la vez eludir mentalmente el esfuerzo concentré la mirada en mi pie izquierdo, que era sobre el que apoyaba la mayoría de mi peso. Me pregunté si al cabo de algún tiempo mis zapatos de ese lado resultarían más desgastados, si no se convertirían luego en un imperceptible factor de desbalance de mis pasos, si mi columna vertebral no tendría que corregir la postura y pasarme después la factura en forma de terribles dolores de espalda. Un poco más adelante, aquel breve ataque de hipocondría fue detenido en seco apenas abrí la puerta de la calle.

—¡Qué han hecho! —me indigné.

Los operarios voltearon y uno de ellos me dedicó una seña de saludo.

Hitler se alzó de hombros mientras me recibía el cuadro.

—Se les pasó la mano, creo, míster.

En la vereda del frente yacía una enorme rama junto a miles de hojas que no volverían a bailar con el viento. Pensé en la furia que Karen habría sentido al ver al eucalipto con ese gran brazo mutilado; esa porción de naturaleza y sombra arrebatada a la ciudad. Pasó por mi cabeza ser su representante, defender la cuota de savia que había legado su padre y recordarles a esos operarios que solo un demente desmembraría un árbol en el desierto, en ese páramo seco que es Lima.

Hitler me comentó que, tras el primer ataque de la motosierra, se había acercado a indagar, y que los hombres le habían comentado que la poda era saludable y que todo volvería a crecer.

Resoplé mientras me sentaba.

Quizá esos podadores tenían razón. De repente esa rama ya se había convertido en un peligro probable para quien pasara por debajo, pero la desconfianza de quienes vivimos en el país del recurseo me llevó a preguntarme si acaso esos tipos no comerciarían con esa madera, si no se la venderían a alguna pollería del barrio o a esas panaderías a la leña que últimamente habían proliferado camino al sur: es lo malo de estar constantemente bombardeado por noticias de corrupción, pues hasta un acto de jardinería se ve contaminado por la paranoia. Ahora que lo pienso con cierta distancia, es probable que esa rama mutilada me hubiera afectado más de lo usual debido al manuscrito que había empezado a escribir. ¿No habían sido la tala y el aserrado de árboles algunas de las actividades de mi abuelo en la Amazonía? ¿Y no me había enfurecido aquel mismo día por una ley brutal del Congreso que legalizaba las talas cometidas en la selva hasta la fecha? El buen juicio me prohibió extenderle esa preocupación a Karen. De nada habría servido indignarla y ponerla triste cuando su cabeza ya debía estar enfocada en su inminente viaje a Alemania. En vez de enviarle una imagen del árbol manco, le tomé una foto al paquete que descansaba en el asiento trasero. En el mensaje puse: «Chalequeando a Szyszlo», como si Hitler y yo fuéramos los guardaespaldas del pintor arrellanado atrás.

Unos minutos después, mientras volvíamos a Miraflores por la avenida Primavera, me llegó un *sticker* de gato sonriente, y luego su respuesta: «Cuídenmelo mucho, de él depende mi próximo guardarropa».

Sonreí, porque sabía que mentía. Aunque mi novia era una compradora compulsiva de trapos, la venta del cuadro serviría para completar los beneficios sociales de las empleadas que habían cuidado a su papá y a la casa. No sería una suma muy grande, pues el grabado había sido una prueba supervisada por el pintor, aunque no firmada por él; pero, aun así, sacaría del apuro a las hermanas.

Quizá porque la respuesta de mi novia había restaurado un poco mi buen ánimo, me atreví a hacerle esa pregunta a Hitler:

—¿Cómo va la operación reconquista?

Hitler sonrió mientras espiaba por el espejo lateral la distancia con un repartidor en moto.

—Cusí cusá —ladeó la mano sobre el volante.

Me quedé callado a sabiendas de que, por su entonación, pronto vendrían más detalles.

—Se está haciendo la difícil —sonrió—, pero al menos ya no me saca tanto las uñas.

De pronto se le iluminó la vista.

—De repente puede escribirme algo, míster —se entusiasmó—. ¿No me dijo usted que Vargas Llosa le escribía las cartas a las jermas de sus compañeros?

—En la Escuela Militar —asentí.

—Usted puede escribir unas cosas bonitas, y yo las paso a otro papel con mi letra.

Sonreí ante la confirmación de que, sin importar la edad que tengamos, basta un enamoramiento o una ruptura para despertar al adolescente que llevamos adormecido dentro.

—Pero don Hitler —traté de sonar afectuoso—, ya estamos grandes. Me refiero a que ustedes ya se saben sus trucos, no son unos enamoraditos que apenas se conocen. Una primera carta de amor serviría para impresionarla, seguramente —sonreí—, pero a la primera que usted haga delante de ella algo que no le guste... pum... toda la fantasía se caería al piso. Los romances epistolares funcionan, precisamente, porque los amantes no se contradicen en persona.

Me quedé un rato callado. Temeroso, quizá, de haber sonado algo petulante. Entre tanto, Hitler rumiaba algo. O, tal vez, eso me parecía al verlo arrugar la frente ante el sol que ahora nos enfrentaba desde el oeste.

—Disculpe, míster —dijo, esquivando a un conductor que se había detenido de golpe en mitad de la calle— ¿pero usted no se dedica a hacerle creer a la gente cosas que no pasaron?

—Lo intento —me reí—, pero el truco funciona mientras el libro está abierto. Una vez que se cierra, la realidad manda.

Hitler asintió, no sé si muy convencido.

—Tiene que portarse bien, nomás —le dije—. Y tener paciencia.

Adelante ya se distinguía la arboleda de Roca y Boloña, la señal de que Miraflores nos abría su flanco del este. Es probable que atravesar ese paisaje más sosegado, entre pájaros que empezaban a despedirse de su jornada, tras aquel rapto de sinceridad que había tenido Hitler, me haya llevado a tratar de ser recíproco y de confiarle a mi conductor algo que tan solo una hora atrás me habría reservado.

—He empezado a escribir una novela.

—No diga, míster —se interesó.

Estábamos ante el semáforo con República de Panamá, justo cuando el rojo cambiaba a verde: el bocinazo de quien iba atrás fue apenas más rápido que la pregunta que esperaba.

—¿Y de qué trata?

Inhalé sonriente, como cada vez que busco crear expectativa entre mis amigos.

Le recordé el episodio de mi monedero en el peaje al sur y le confesé cómo, en su momento, el acuñamiento de esa moneda me había entusiasmado lo suficiente como para empezar un proyecto literario. Recuerdo que así se lo dije, «proyecto literario», como para dejar en claro que ningún peruano —y menos un escritor peruano— escapa de la huachafería. Le conté también que por entonces había aprovechado un viaje a Iquitos para ir a hacer indagaciones en el pueblo de Nauta, donde los ríos Marañón y Ucayali unen sus cuerpos para formar el Amazonas.

—Ahí nació mi abuelo —le expliqué.

—Entonces es una novela sobre su abuelo —comentó.

—Supongo. No lo sé.

Lo vi sonreír con extrañeza.

—¿Y por qué no la escribió esa vez, míster?

—Tampoco lo sé.

En ese momento, tal como los ríos que me acompañaban en la mente, la avenida Casimiro Ulloa se unía a la avenida Benavides para aumentar el caudal del tráfico. El sol ya se había ocultado tras los edificios de Miraflores y nuestra vista podía descansar de su destello. El ceño de Hitler, sin embargo, continuaba fruncido. ¿Me estaría juzgando, quizá? ¿Qué oficio es ese, se preguntaría, que se emprende sin saber lo que se está haciendo?

Tal vez porque me sentí un poco estúpido y quería resarcirme, y también porque calculaba que el tráfico nos iría a detener por un rato más, me animé a decirle lo siguiente:

—¿Le leo el inicio?

—¡Claro, míster!

Su entusiasmo me puso contento. Saqué mi celular y abrí el archivo que suelo enviarme a mi correo tras cada jornada de escritura. Carraspeé y empecé.

Los niños del Perú suelen recitar a los catorce incas de nuestra historia oficial con un sonsonete bastante rítmico, pero tú tampoco te quedas atrás cuando nombras a los catorce hijos que se conocen de tu padre. Esa mañana, sin embargo, hiciste una pausa cada tantos nombres para volver a señalarme el lugar de cada uno en tu mapa.

—Leoncio, Tito, Manuela... —aquí respiraste— ...ellos son de antes de casarse.

Yo asentí, alentándote. Más que repetir nuestra vieja rutina, lo que buscaba, en realidad, era distraerte de la tensión del trayecto.

—Luego vinieron Arnaldo, Emiliano, Isabel, Liseña, Lina, César, Juan...

—Mi tío Iván y tú... —sumé, para fingir más interés del que tenía.

—Pero antes vinieron Blanca y César, los brasileños. Y una hija que dicen que tuvo con una venezolana.

Traté nuevamente de retener aquellos nombres que habían saltado varias veces en nuestras conversaciones, pero entre el tráfico desordenado al centro de Lima y mi incompetencia para memorizar palabras, mi retención duró lo que un bocinazo. Recuerdo que, ante un semáforo, mientras un chiquillo hacía malabares con unas pelotas, puse música brasileña porque sé que te gusta y creo que de puro nervioso me puse a pellizcarte la mano. Estaba fría. Me alarmó pensar que se te hubiera bajado la presión debido a que íbamos retrasados, pero por fortuna conseguimos llegar a la ceremonia antes de los discursos.

Guardé mi celular mientras esperaba la reacción de Hitler y, para mi decepción, encontré un gesto de extrañeza.
—Es una carta, entonces.
—Se podría decir que sí.
—Una carta… ¿a su mamá?
—Sí —titubeé.
Asintió, como satisfecho consigo mismo, pero sin mostrar algún otro tipo de entusiasmo. Para su suerte, en ese instante entró una llamada a su celular y él se apresuró a responder balbuceando que no podía contestar, que estaba manejando: el hilo de nuestra conversación se había roto y yo me había quedado con el tramo más enredado.

Cuando al poco rato llegamos a mi edificio, nuestro ensayado ritual de ayuda al discapacitado se puso en marcha. Mientras Hitler me alcanzaba las muletas, le pedí que por favor le entregara el cuadro a Yashin.
—¿Algo más por hoy, míster?
Le respondí que no, que se fuera tranquilo, que en un rato le confirmaría si habría necesidad de vernos mañana. Luego me dirigí a Yashin, sin ocultar mi fastidio.

—Una señora va a recoger ese paquete en un rato.

El portero asintió, con la sonrisa amable. Sus dientes siempre resaltaban sobre su atuendo negro, y esa imagen amarfilada le vino bien a la tarde que oscurecía.

Hace unas cuantas páginas mencioné que lo que más recuerdo de esos días eran mis traslados con Hitler, pero, obviamente, eso no significa que aquella haya sido mi actividad predominante: si por entonces hubiera instalado sobre mi hombro una cámara cual loro de capitán pirata, lo más probable es que la mitad de las veces el encuadre mostraría a mi computadora abierta, a mis manos escribiendo a cuatro dedos, y esos largos periodos de inactividad en que, como lagartijas bajo el sol de la mirada, los párrafos intervenidos esperan el crecimiento de sus colas mutiladas.

Pocas cosas son tan aburridas como ver trabajar a un escritor y quizá lo más equivalente sea espiar a un paciente en un estudio del sueño: lo verdaderamente emocionante se oculta bajo el cráneo, entre marejadas de recuerdos, fantasías y decisiones que deben encontrar un camino medianamente coherente. Quizá no sea gratuito haber usado la metáfora de estar sumergido en esa marejada: la prueba está en cómo detesto ser sacado de ella una vez que ya me he acostumbrado a respirar bajo sus aguas. Recibir una llamada telefónica en esa instancia actúa, para mí, como el anzuelo que saca violentamente al pez de su elemento y es por eso que mientras escribo solo tengo activado el permiso para las llamadas de mi familia y de mi editor.

Pues fue justo mi editor quien me interrumpió ese día cuando me encontraba buscando una nueva forma de empezar mi historia.

—Máster —me saludó con entusiasmo.

Su voz jocosa y el cariño que le tengo lograron la hazaña de que hiciera a un lado mi impaciencia.

—Discúlpame que haya viajado a los noventa y que te llame de frente, pero no me respondías por el chat.

—Tranquilo, New Kid On The Block —me reí.

Luego de intercambiar bromas sobre la música grunge que había acompañado su adolescencia, y de burlarme de lo esnob que se habría visto luciendo un polo de King Crimson en las fiestas de quince años, me dijo que le habían escrito de la oficina en Buenos Aires para preguntarle si podían contar conmigo para un festival que estaban organizando.

—Se les cayó alguien —bromeé.

—No, viejo, cómo se te ocurre.

Al oír su risa diplomática, interpreté que mi hipótesis era correcta. A pesar de imaginarme como un suplente que ingresa al campo por la lesión de un titular, me gustó la idea de verme en ese estadio: Buenos Aires siempre me ha parecido una ciudad fascinante a pesar de su neurosis, o quizá gracias a ella. Aunque presumo que también me gustaba la idea de reencontrarme con Dolores y cerrar el capítulo que habíamos dejado inconcluso el año anterior.

Acepté, por supuesto. Pero me permití una condición para salvar el honor.

—Si es un viaje rápido, cuenta conmigo.

—Claro, viejo.

—Es que me he puesto a escribir algo nuevo.

Mi editor lanzó un gruñido amistoso, el equivalente sonoro a una gran palmada en la nuca. Lo interpreté como la alegría genuina de un amigo que sabe lo retador que es afrontar un manuscrito —a veces, algo borrachos, solíamos repetir como un mantra esa frase de Thomas Mann que dice que un escritor es aquella persona para la cual escribir es más difícil que para el resto de las personas—, pero tampoco se me escapó interpretar su entusiasmo como la resonancia anticipada de una caja registradora: una lectura que nos dejaba mal a ambos, la verdad, porque revelaba en mí una vanidad sin nada que la justificara.

—¿Y se puede saber de qué va?

Traté de responder lo más frío posible.

—Es un regalo para mi madre.

—Ah, viejo —pareció entusiasmarse—, eso siempre emociona.

Por fortuna no quiso indagar más, o no tenía mucho tiempo para eso: me informó sobre las fechas, me dictó el críptico tema del conversatorio y, antes de colgar, me dijo que pronto me contactarían de Argentina para la coordinación.

Una vez que mi mirada se reencontró con mi pantalla, las blancas pantorrillas de Dolores emergieron en altorrelieve, una muralla que atentaba contra mi deseo de completar el número de palabras que me había propuesto para esa mañana. Lamenté que no las hubiera llegado a acariciar. Ni siquiera había podido rozar los labios rojísimos de su dueña. En aquella breve conversación que tuvimos en Buenos Aires, apartados en una terraza frente a las luces del puerto a la que ella había salido a fumar mientras yo fingía revisar mis mensajes, coronamos nuestro intercambio de miradas a lo largo de esa febril tarde de feria con una promesa que hasta hoy no se había cumplido: «Tenés cara de coger bien», sonrió, «qué pena que ahora tengo una cena».

Volví a mi hotel con el recuerdo de una erección alegre y con un ejemplar de su primer libro de cuentos, comprado al vuelo en la feria, firmado para Karen. Algo debió advertir Dolores de mi pudor luchando contra mi desfachatez cuando, al despedirse, le extendí el libro con el bolígrafo mientras le decía que mi novia era una gran admiradora. Me miró con esa perspicacia que la mayoría de sus fotos consigue retratar y me dijo que me tranquilizara, que le iba a escribir algo bonito.

Pero ahora me tocaba escribir algo bonito a mí.

O, si no bonito, al menos sincero.

Inhalé y exhalé con fuerza, como si con ese resoplido pudiera apartar las pantorrillas de la aclamada escritora argentina y la curiosidad de saber cómo serían sus muslos al tacto, si su calzón sería negro y filigranado como lo eran sus historias, si el dolor que les infligía a sus personajes se liberaría en chillidos animales una vez que tuviera la verga adentro. Y ya estaba a punto de lograrlo, las imaginadas nalgas de Dolores iban en camino de transformarse en las más castas y recubiertas de mi pobre abuela, cuando el teléfono me arrancó otra vez del estado de trance.

«La puta madre», resoplé.

En la pequeña pantalla apareció el nombre de mi hermano.

—Hola —fingí tranquilidad.

Mi actuación se vino abajo cuando escuché la voz desgarrada de mi madre, un pedido de auxilio que me hizo erguirme en el asiento.

—Mamita... tranquila... —balbuceé.

La imaginé tumbada con la cadera rota, una zanja abriéndose paso por los huesos y una astilla atravesando su carne blanda, su mirada de horror al imaginarse postrada en la última etapa de su vida. Pero también la imaginé intuyendo un ataque y el pánico al identificar que su corazón se despedía: ¿no había muerto así su madre, con el pecho adolorido, y acaso ella misma no había sido testigo de ese trance?

Por suerte, mi hermano le arrebató el teléfono para tranquilizarme.

—Hermanito —trató de sonar festivo.

—¿Qué ha pasado?

—Se ha puesto nerviosa, solo eso.

Me dijo que había despertado intranquila luego de una noche llena de pesadillas y que se había pasado la mañana con dolor de cabeza. Por el teléfono llegué a oír que mi madre mencionaba a mi abuela.

—¿Qué dice de su mamá...?

—Que en la mañanita vino a consolarla —sonrió—, tú sabes... que sus muertitos ya la están esperando y todas esas vainas.

—¿Pero le tomaste la presión?

—Estaba un poco alta, para qué.

—Eso debe ser.

Le pregunté a mi hermano hacía cuánto que no iban al cardiólogo, le comenté que quizá era la hora de reajustar la dosis, también de indagar si nuestra madre ya estaba en la lista del seguro para las visitas a domicilio; es decir, todas esas cosas que a él hacía rato ya se le habían ocurrido y que, gracias a su infinita paciencia, no me enrostraba.

—Pásamela, por favor —y ahora sí traté de parecer calmado.

En el cambio de mano del celular capté algo de la atmósfera que ambos ocupaban: la tensión concentrada en el dormitorio de mi madre y el hastío que mi hermano trataba de no demostrar.

—Tu hermano cree que estoy loca... —sollozó mi madre.

Sus palabras resbalaban entre baba y mocos.

—No, mamita —endulcé la voz—, nadie cree que estés loca.

Por alguna razón me visitó una escena que había descrito hacía poco en mi manuscrito, aquella en que recordaba su mano junto a la mía en el tráfico de Lima: su piel de nata, cubierta de manchas junto a los nudillos, y cómo me había puesto a pellizcarla despacito como si temiera que se quebrara.

Traté de sonreír.

—¿Tu mamita también te cantaba el «Límon, límon»?

Hubo un silencio.

—Sí... —respondió al cabo mi madre, bajito.

—¿Te conté cómo ella me lo cantaba?

—No —respondió con timidez.

—Ah —fingí alegrarme—, te cuento entonces.

Le pedí que recordara la primera casita que habitamos en Trujillo, cuando a mi padre se le ocurrió comprar una farmacia allá en el norte. En realidad, más que casita, era un depósito de abarrotes junto al mercado mayorista que, por las noches, no tenía más luz que la que asomaba por las rendijas de la puerta enrollable. En esa penumbra habitada por ladrones yo me tumbaba junto a mi abuela para escuchar sus historias en esa Iquitos rodeada de jungla y leyendas, y, a veces, cuando su espíritu sufrido recordaba lo que era el juego, ella pellizcaba el anverso de mi mano y la subía y bajaba al ritmo de una canción que nunca pude descifrar:

*Limon, limon, Ishpinkuy
Tranca la puerta, San Miguel...
¿Ángel, hay limón?*

Esta vez, mientras se la cantaba a mi madre, la tenaza que habían formado mi índice y pulgar subía y bajaba, como si mi mano pudiera alzar la suya a la distancia.
—¿Así te la cantaba ella también? —le pregunté.
—Sí —respondió muy bajito.
Me despedí prometiéndole que pronto la iba a visitar para que me contara más pasajes de su infancia, y creo que soné muy sincero a pesar de mi propia incredulidad.
Según mi hermano, mi madre pasó el resto del día con la mirada en el techo, acaso leyendo entre las tenues manchas de humedad mensajes que le eran esquivos al resto de los seres humanos.

Como suele ocurrir con esas decisiones que en su momento parecen importantes y que el tiempo se encarga de colocar en su perspectiva justa, ya no recuerdo por qué elegí el miércoles como el día inamovible para almorzar con mi madre. Son muchas las costumbres centrales de nuestra vida que se instalan para crear una ilusión de orden y que resultan, a la larga, productos de la aleatoriedad. A propósito de ello, siempre recuerdo una de esas anécdotas que los editores de *Selecciones del Reader's Digest* colocaban al pie de los artículos para rellenar espacios, y que era lo primero que leía de niño cuando mi padre dejaba un ejemplar en el baño. En ella, una joven ama de casa invitaba a su madre a cenar y preparaba carne estofada. Cuando la madre vio que la hija cortaba el trozo de carne en dos mitades, le preguntó extrañada por qué lo hacía. La hija le respondió que así era la receta que le había visto hacer a ella. Divertida, la madre le explicó que si ella solía cortar así la carne era porque su cacerola de entonces era muy chica.

Últimamente, mi madre ya no cocinaba y en su lugar lo hacía mi hermano: a veces olvidamos que, al igual que los ingredientes, los cocineros también tienen fecha de expiración. ¿Qué trucos culinarios basados en condiciones caprichosas habría heredado mi hermano de nuestra madre, que a su vez ella había heredado de la gran cocinera que fue su abuela? ¿Qué sesgos nos trasmitimos de una generación a otra a través de actitudes y frases dichas en familia? ¿No será que me puse a escribir una novela no solamente para conmover a mi madre, sino también para detener interpretaciones que mi familia ha repetido sin cuestionarse?

Quizá me haya presionado a cocinar, por fin, en una cacerola grande.

Aquel miércoles, luego de haber escrito toda la mañana, le avisé por WhatsApp a Hitler que ya estaba listo. Al poco tiempo me tocó el timbre y repetimos el ritual de embarcarme junto a mis muletas.

Algo en mi semblante o en el tono de mi voz me delató.

—Lo veo de buen humor, míster.

Asentí, a pesar de que no me había percatado de ello.

—Debe ser que hoy escribí lo que tenía que escribir.

A esas alturas, por la ventanilla vi que una docena de turistas descendían de una furgoneta para entrar a Larcomar. El edredón de nubes grises que suele cubrir a mi ciudad ya estaba rasgado desde hacía varias semanas, así que los imaginé tomándose *selfies* frente a una esplendente bahía antes de entrar a uno de los restaurantes.

—¿Y a veces se pone de mal humor? —se interesó Hitler.

—Me pongo intranquilo —respondí, mientras subía un poco el volumen de la radio—. Siempre me pasa: hay días en que me parece que he escrito algo bueno, y otros en que no estoy tan seguro. Hoy parece que terminé contento, usted se ha dado cuenta, pero ayer…

Justo en ese momento, un narrador de noticias informaba que la presidenta del país había asistido a inaugurar una obra en una provincia en la que hacía menos de un año habían muerto por la represión varios ciudadanos de origen aymara, y que el pueblo la había recibido con insultos y cantos llenos de escarnio.

—Hay que ser conchuda —se me escapó.

Hitler suspiró.

—Mejor volvamos a su novela, míster.

En la esquina de Larco con 28 de Julio, una camioneta de repartos había acelerado delante de nosotros cuando el ámbar ya había cambiado a rojo. Alcancé a notar que, siguiendo el ejemplo de impudicia de nuestra mandataria, sobre el parachoques llevaba pintada la frase «Cuéntame qué tal lo estoy haciendo» junto a un número telefónico. Quizá porque estaba de buen humor, en lugar de memorizar el número que se alejaba, decidí quedarme con la amable predisposición de Hitler a escucharme: tal vez yo mismo llevara pegada en la frente una invitación a que él opinara sobre cómo estaba escribiendo. No necesité consultar el Waze para calcular el tiempo hasta la casa de mi madre: sabía que me sobraría tiempo para los párrafos que tenía en mente.

—¿Le leo lo de hoy? —le propuse.

—A ver —sonrió.

Una vez que mi hermanito caía dormido era cuando empezaba el ritual con mi abuela. Iba hasta su cama, me agachaba del lado izquierdo para arrastrar su bacinica y se la dejaba al alcance por si le urgía usarla en la noche.

Ella, en tanto, se había puesto de pie ante aquel remedo de ventana. Su cuerpo bajito y rechoncho, tan alejado del mujerón que afiebró a mi abuelo, quedaba enmarcado delante del vidrio y yo la acompañaba de pie, mientras su voz de soprano entonaba un himno adventista con el que agradecía haber vivido otro día.

Que te den gracias, Señor, los reyes de la tierra,
al escuchar el oráculo de tu boca;
canten los caminos del Señor,
porque la gloria del Señor es grande.

Después le apagaba la lámpara. Recuerdo que, tras el tic del interruptor, su pelo, una esponja blanca, retenía la luz por una fracción de segundo. Hubo muchas noches en que me provocaba quedarme despierto para esperarte a ti y a mi papá, y me tumbaba a su lado, aunque hoy presiento que lo que me impulsaba era su voz en la penumbra. Algún efecto suscitaba esa oscuridad en su mente como para que, estando en una ciudadela costeña como Trujillo, nos rodeara la lejana Amazonía. Yo no conocía la jungla peruana y tardaría muchos años más en hacerlo, pero ya entonces el hechizo de sus palabras me hacía imaginar el olor de las hojas pudriéndose bajo los árboles, el sonido sin pausa que producen los bichos y animales escondidos, la humedad caliente que les saca brillo a los cuerpos, la lenta violencia de los árboles que se matan entre sí para alcanzar el sol que brilla arriba, el temor de no saber qué hay más allá del próximo matorral. Cien veces me habló del chullachaqui, ese duende que se había llevado monte adentro a un primo suyo bien shegue; otras tantas me contó del día en que su madre caminaba por una trocha y se sentó a descansar en un tronco tumbado, hasta que el tronco se movió y empezó a serpentear como le corresponde a toda boa; de aquella excursión con su colegio cuando se alejó hasta la orilla de una cocha y un hombre delfín la quiso seducir con un pene que terminaba en caramelo; y, también, de las veces en que el tunche pasó silbando por la huerta de su casa.

No recuerdo bien cómo sonaban sus palabras, pero conmigo se ha quedado la quieta emoción que les ponía a sus recuerdos. Muere la voz, pero queda su eco. Y nunca más vibrante como las veces en que me narraba el nacimiento de su primer marido: mi abuelo Otoniel.

Fue en 1862, el mismo año en que se publicó *Los Miserables* de Víctor Hugo.

La noche no llegaba a ser cavernaria porque la luna estaba a dos días de ser un plato y, además, los relámpagos amazónicos se estampaban a cada instante. El peligro no estaba en la tormenta, sino en ese remolino que tenía atrapada a la barcaza no muy lejos de llegar a Nauta. En ambas orillas, las oscuras murallas del bosque eran testigos: el agua era una boca tenebrosa y los troncos que traía la corriente eran torpedos que amenazaban con empujar la lancha hacia su garganta. La madre de mi abuelo, que ya tenía los dolores encima, solo atinó a rezar mientras que los demás ocupantes gemían por sus pecados. En su desesperación, la parturienta prometió que, si ella y su bebé se salvaban, daría su voz a cambio del milagro. Según mi abuela, la señora Petrona Llerena cumplió con su promesa porque mi abuelo nunca le escuchó decir palabra. Otoniel Vela Llerena, pues, nació bajo el diluvio, rodeado de sus padres y de peones que parecían haber asistido a un milagro doble, al de la muerte que se retira y al de la vida cuando llega.

Y era aquí cuando mi abuela Clotilde decía mi parte favorita:

—¡Soy el hijo del trueno! —exclamaba, imitando la voz de mi abuelo.

Y yo disfrutaba, sin saber que esa mitología se estaba impregnando en mis jóvenes tuétanos.

Nunca se me ocurrió en esas noches preguntarle a mi abuela cómo conoció a mi abuelo. Por fortuna, tú me lo dijiste un poco al descuido un día en que te visité para almorzar.

Mientras me servías una de tus ensaladas me llevaste a imaginar el letrero de las oficinas del aserradero «Vela e hijos» en el jirón Tarapacá. Iquitos era una ciudad joven, arrancada a la selva, pero ya mostraba vanidosas casas construidas por osados burgueses. Por la calle polvorienta viene caminando tu abuela Rosario junto a sus tres hijas, procreadas con dos hombres distintos. La mayor es tu madre, Clotilde Mairata: tiene dieciséis años y es hija de un español a quien tal vez le debo no parecer tan cholo en mi país. Su pelo negro, recogido en un medio moño, resalta sobre su piel blanca y el vestido color marfil. Entre las cocinas y lavaderos de las familias más encumbradas de Iquitos corría el rumor de que el célebre industrial necesitaba un ama de llaves para una de sus dos haciendas. Recuerdo haberte preguntado si esa entrevista de trabajo no debía haberla hecho la esposa de mi abuelo y tu respuesta fue bastante convincente: la señora Juanita pasaba la mayor parte del año en Europa, junto a sus hijos. Además, ella vivía en la otra hacienda.

—¿Por qué está triste la señorita? —preguntó Otoniel Vela, señalando a mi futura abuela.

Según la versión que te dio tu madre, su voz era dulce.

Pero también sintió que esos ojos, cincuenta años más viejos, la desvestían.

Mientras bajaba el celular, alcancé a ver que Hitler abría los ojos como los faros de un escarabajo.
—¡Cincuenta años!
—En efecto.
Sus dedos empezaron a moverse uno a uno, turnándose sobre el timón, y me imaginé que estaría haciendo cálculos sobre la diferencia de edad, siguiendo la dinámica de un ábaco humano.
Medio siglo, ni más ni menos.
Descansé la vista en mi ventanilla y comprobé que el barrio de mi madre ya estaba a menos de un par de kilómetros: desde mi ubicación ya se veía el insólito cartel publicitario de una universidad usada para lavar dinero, con el rostro de Putin y el mensaje de «Aduéñate del mundo». El rumbo de mis asociaciones fue obvio y recordé que en la obra de Dostoyevski aparecen hombres con pensamientos perversos hacia chiquillas, e incluso niñas. ¿El autor no los describía como hombres sensuales, incluso como «voluptuosos»? Recordé a Svidrigáilov en *Crimen y castigo*, ese cincuentón que piensa casarse con una muchacha que no ha cumplido los dieciséis, «con la falda por la rodilla, un capullito todavía sin abrir», y ese mismo día, por la noche, busqué en mi biblioteca aquel pasaje exacto y copié lo que aquel personaje le decía a Raskólnikov: «Me parece que esos dieciséis años, esas miradas todavía de niña, esa timidez y ese pudor a punto de las lágrimas son superiores a la belleza».

El silencio de Hitler me supo a juzgamiento, lo cual, por supuesto, era una actitud que probablemente no pasaba por su mente. Fue algún tipo de culpa heredada lo que me llevó a tratar de justificar algo de lo cual yo no era responsable.

—No fue violación, por si acaso.

Lo dije tan seguro de mí mismo, que me dio miedo.

—No, míster, imagínese...

En la respuesta de Hitler me pareció distinguir más condescendencia que ganas de tranquilizarme, y aquello me aguijoneó aún más.

—Cuando mi mamá ya era grande y tuvo la suficiente confianza con mi abuela, le preguntó cómo así había estado con alguien tan mayor...

Hitler asintió, atento a la ruta.

—Mi abuela le respondió que mi abuelo no aparentaba esa edad. Le dijo que tenía «un cutis de niño» y «un aliento de bebe».

—Un zorro dentro de un corderito —rio el conductor.

No supe qué responderle. Quizá se haya debido a la sorpresa de constatar que cualquier mente perspicaz, como la suya, podría haberse dado cuenta de que aquella había sido la principal razón para haberme abstenido durante años de escribir esa historia para agradar a mi madre. ¿Cómo hacerlo sin arrugar la frente? ¿Cómo escribir sobre el poder de mi abuelo y la precariedad de mi abuela sin pensar en mis hijas entonces púberes? ¿Sin temer la crítica de mis amigas feministas, o la de quienes buscan con lupa cualquier actitud machista para arengar a las hordas?

Por fortuna, el mismo Hitler colocó en su gesto la preocupación del mío antes de animarse a compartirme una confesión.

—Usted sabe que yo hice mis cositas de joven…
—sonrió.

—Claro —recordé.

—Cuando yo tenía un secreto que me daba vergüenza…

—¿Sí? —lo alenté.

—…uno que me daba roche hasta contarles a mis patas…

—Ajá…

—…ponía una salsa de Héctor Lavoe bien fuerte en mi cuarto y me confesaba con él.

Me conmovió imaginar a ese hombre robusto y tan resuelto arrodillado ante su cama, hablándole al salsero como si fuera un santo elevado a los altares del pueblo. Sin embargo, Hitler no tardó en corregirme esa imagen.

—Una vez que terminaba de bailar y gritar, me quedaba seco en la cama hasta el día siguiente.

Asentí bajo las palmeras imperiales que se alzan en un tramo de la avenida Arequipa, según se dice, como un regalo del Brasil más de cien años atrás. Allá arriba, sus largas palmas se ondulaban lentamente con la brisa. ¿Así de pausada sería la respiración de Hitler una vez que salía de su trance musical?

Bailar y gritar, me había dicho él.

Recordar y escribir, le había dicho yo.

Quizá mi amigo Hitler y yo nos parecíamos más de lo que pensaba en un inicio.

Cuando abrí la puerta, volví a descubrir que Chelita me esperaba sin emitir sonido, junto a una rama de ruda en una jarra colocada en el suelo. El olor de la planta servía, supuestamente, para alejar la mala suerte, pero la triste mirada de la perrita atraía la lástima con más seguridad. Conmovido, concentré mi peso en mi muleta izquierda y me agaché a acariciarla. Sin embargo, me malinterpretó y se enroscó con un gemido. Volví a estremecerme al imaginar cuánto la habrían maltratado antes de ser rescatada por mi hermano; de qué manera le habrían rociado ácidos, golpeado con cadenas, pateado con la saña que tienen ciertos borrachos.

Una vez más, me siguió a cierta distancia mientras me adentraba en la casa.

En la cocina ya estaba sentada mi madre. Mi hermano, en tanto, vigilaba el hervor de unos ravioles.

—Cuánta guapura, por dios —me agaché a besar a mi madre.

—Y aquí estoy yo para equilibrar —bromeó Ronald—, ¡ajúa!

Mi madre vestía un hermoso huipil negro, bordado con hilos dorados, que Karen le había comprado en Oaxaca en uno de sus viajes de consultoría.

—Te queda hermoso.

—¡Le gusta el negro encima!

—Ay, Roni... —se quejó nuestra madre.

La asociación de ideas no sabe de corrección política y no pude evitar pensar que Hitler debía estar esperando en la esquina del frente a que le sirvieran su sopa favorita: volví a decirme que era más cómodo para él, además de menos complicado para la logística hospitalaria de mi hermano. No obstante, imaginé que las anécdotas de Hitler y su visión de la vida bien podrían haber renovado nuestro repertorio, pues toda familia que se reúne seguido termina cayendo en los mismos temas. Ya que mi madre no salía de casa y mi hermano lo hacía solo para lo indispensable, las novedades que compartían conmigo provenían de los noticieros, y de escándalos de la farándula que a mi madre le gustaba mirar en la televisión abierta. Y ya que por esos días yo tampoco salía mucho de casa y la pasaba prácticamente solo, mi aporte de chismes era muy escaso, por lo que nuestros diálogos se dedicaban a raspar la olla del pasado. Por ejemplo, mientras yo alababa la salsa de tomates que Ronald había vertido sobre los ravioles, mi madre recordó lo mucho que le gustaban los ñoquis a su mamá.

—Creo que era el único plato que sabía cocinar —comenté.

—Ese y el hígado encebollado —corrigió mi hermano.

De pronto, mi madre carraspeó.

—Ay, cómo lloraste en tu cumpleaños... —se dirigió a mí—. ¿Cuántos cumplías, guaguá?

—Diecisiete —murmuré.

Los ñoquis, sin embargo, se habían grabado en mi memoria mucho antes, en aquel depósito que había sido mi vivienda en la infancia. Mis padres habían improvisado una cocina en un patio del fondo y colocado unas calaminas que le otorgaban un techo a la mesa de fórmica en la que tomábamos los alimentos. Esa misma mesa servía para picar los ingredientes y todavía se puede ver en ella el rastro que han dejado los cuchillos desde entonces: sigue siendo la mesa en que mi madre, mi hermano y yo almorzamos cada miércoles; solo que este miércoles en particular, ante la pregunta de mi madre, la fórmica rejuvenece, yo regreso a ser niño, y sobre este círculo de cuatro patas veo el cuerpito rechoncho de mi abuela Clotilde, que amasa y amasa bajo el tenue resplandor de un foco al amanecer. Desde mi niñez hasta mi adolescencia, no habrá cumpleaños mío en que ella no madrugue y rete a su cojera para hervir papas, amasarlas y servirme esas oruguitas a las que ella llamaba ñoquis, y yo lo sigo teniendo presente porque cuando no hay dinero, los obsequios no suelen envolverse en papel de regalo, pero suelen recordarse más.

Yo tenía dieciséis años cuando mi abuela murió. Y no lloré. La culpa por aquella sequía me acompañó durante varios meses, pero me bastó abrir los ojos en mi siguiente cumpleaños, el decimoséptimo, para que los sentimientos adormecidos se descongelaran; fue la intuición de unas gotas primero, el sentido de urgencia después y, finalmente, una torrentera que arrastraba palabras, mocos y babas. Debe haberles sorprendido a todos aquel desahogo abrupto, sobre todo porque era un manganzón adolescente que hasta entonces había escondido bien sus desilusiones a puertas cerradas. En los años que siguieron se me acumularon las preguntas. Por ejemplo, si la ascendencia de mi abuela no era italiana, ¿de quién habría aprendido a preparar ese plato? Sé que su madre, mi bisabuela, estuvo arrejuntada por un tiempo con un italiano en Iquitos, aunque también es verdad que la meca del caucho peruano fue por entonces el rincón más cosmopolita del país. Lo único irrefutable es que desde mi infancia no puedo ver un plato de ñoquis sin asociarlo con mi abuela, y que más recientemente no puedo dejar de pensar que, con su educación cercenada y la exigua pensión de su último marido, nuestro mundo le asignó el producto de sus manos como su única vía para demostrar amor. Las manos que amasaban esas papas me frotaban el pecho con crema mentolada; y me acariciaban los pies a la pasada cuando me encontraba tumbado boca arriba; un gesto que luego copió mi madre y, sin saberlo, también Karen, el triángulo de mujeres que más me ha conmovido en esta vida.

—¿Quieres más, hermanito? —interrumpió Ronald mis pensamientos.

—Estoy bien, gracias.

—Él she cuida, ¿vesh? —mi madre aniñó su voz, como cada vez que quería caer simpática con sus críticas.

Mi hermano se agarró la barriga y algo estaba a punto de retrucar, cuando del techo bajó un martilleo brutal.

—Ya empezaron estos jijunas.

Ronald me explicó que alguien había comprado el departamento abandonado del segundo piso y que esa semana lo habían empezado a refaccionar. Según mi hermano, que hacía rato había subido a curiosear, sus paredes habían estado totalmente forradas de madera como correspondía a cierta moda náutica, y que la cobertura había escondido filtraciones y cortocircuitos que ahora pasaban factura. Aparentemente, tendrían que colocar nuevas instalaciones de electricidad, agua y desagüe.

—En todo caso —tuve que alzar la voz—, esto va a durar menos que los edificios que les construyeron al lado.

A pesar de los combazos y del taladreo, Chelita descansaba indiferente al costado de la refrigeradora. Solo estiraba una oreja de tanto en tanto. Una consecuencia, quizá, de haber vivido sus primeros tiempos entre los planchadores y las pulidoras de un taller mecánico.

—Hay naranjas —le recordó mi mamá a mi hermano.

Ronald se puso de pie y las sacó del refrigerador.

Aquellas naranjas sobre la mesa, colocadas junto al huipil negro de mi madre, se me antojaron un bodegón fotográfico. Y debieron unirse a la obsesión que por entonces me acompañaba, porque de pronto compartí una revelación.

—Dicen que tu papá tenía cuatro formas de pelar las naranjas.

—¿Cómo? —mi mamá pareció no entenderme.

Le repetí la frase y, maravillada, me preguntó cómo lo sabía.

Le confesé que algunos años antes, cuando tenía en mente escribir esa novela sobre mi abuelo, me cité en una cafetería con su sobrino Raúl, que por entonces no estaba lejos de cumplir los noventa años.

—Raulito... —musitó mi madre.

Mi madre y mi hermano me escucharon con atención.

Me imaginaron levantándome de una mesa para recibir con un abrazo a aquella especie de gnomo colorado, con esa correa ancha a la altura del ombligo que le añadía simpatía, sus ojitos azules que se achinaban como vírgulas cada vez que se reía, y un olor a lavanda que transportaba a botiquines de otras épocas. Había llegado a nuestra cita en el Haití de Miraflores trepado en un bus público y me aceptó a la primera un pisco sour, dos indicios de lo vital que era. Recuerdo que, a lo largo de esa cita, el viejo le daba golpecitos a la mesa para rubricar ciertas aseveraciones con un anillo de oro que podría haber servido para romper castañas. Tenía grabadas las iniciales RSV, Raúl Suárez Vela, y se lo había regalado su madre más de setenta años atrás.

—Mi hermana Lina… —se conmovió mi madre.

Mi hermano intentó jalarle la lengua, aunque sabía de memoria esa historia.

—Esa no era la malvada, ¿no, mamá?
—Decían que me parezco a ella.
—¿A la malvada? —buscó picarla Ronald.
—¡Noooo, a Lina! —protestó.

La madre de Raúl pertenecía a la camada oficial de mi abuelo con doña Juanita Larrea, quien era prima de quien en unas décadas sería un presidente del Perú. La joven doña Juanita había llegado a Iquitos desde Lima acompañando a su padre, un capitán severo al que le habían encomendado la jefatura de la Marina de aquel pueblo en expansión. Presumo que los ojos azules de la muchacha, que tanto encandilaban en estas tierras, encontraron su debido complemento cuando su cuerpo se abrió a la juventud. Imagino su silueta blanca, apretada por el puño del corsé, paseando por aquel malecón a orillas del Amazonas y no me es difícil calcular el impacto que debió haber causado entre los jóvenes que la saludaban sombrero en mano, cuidando de no resbalar en la tierra fangosa. Faltaba poco, unos cuantos años, para que esa aldea pretenciosa llegara a ser el satélite más remoto de Europa. Uno de esos jóvenes, Otoniel Vela, también la pretendió. Galante y perfumado. Bien vestido y entallado. Con la voz dulce que se dice que tenía y con ideas interesantes venidas del otro lado del mundo.

—¿Y las naranjas? —inquirió mi madre.

Les conté, entonces, el recuerdo que me confió Raúl. Una mañana su abuela Juanita los encontró a él y al abuelo Otoniel juntos en un escalón de la hacienda Puritania, aquel territorio reservado para la panaca oficial. Nuestro abuelo había pelado una naranja y se la estaba comiendo, pulposa, sorbiendo con ruido sus jugos. «¿No le vas a pelar una a tu nieto?», lo reprendió su esposa. Mi abuelo sonrió, cachaciento: «No te preocupes, que a él le sobra tiempo para comerlas».

No se lo comenté a mi madre. Tampoco a mi hermano. Pero aquel recuerdo de mi anciano primo confirmaría una sospecha que he ido acumulando desde cuando mi abuelita me hablaba de mi abuelo con admiración: que era un hombre encantador con las damas, pero un déspota con su descendencia masculina. Un macho alfa con elegancia de lino. Podía abandonar a un vástago en tierra si no estaba en su barco a la hora acordada, y he sabido de un par de hijos suyos que renunciaron a trabajar con él porque era más rígido y altivo que una lupuna. En la nebulosa que formó su carácter, imagino algún gen guerrero, los valores de sus ascendientes que progresaron en la selva como colonos venidos del Ande, los asombros que le causó una Europa industriosa, y la certeza de que una jungla no se doma con niñerías.

Como si me hubiera leído la mente, mi mamá lanzó un suspiro.

—Era bien estricto mi papá... una vez dejó abandonado en tierra a uno de sus hijos por no volver al barco a tiempo.

—¿A cuál de los catorce? —se burló Ronald.

—A Juan.

Mamá volvió a reconectar las ideas que ya tenía previamente ordenadas en su mente. Nos repitió que la tripulación del barco se preocupó por el destino del abandonado, pero que igual la quilla cortó aguas amazónicas, que eventualmente Juan renunció a trabajar con su padre y que Emiliano sí lo hizo con gusto, que qué guapo era Emiliano recién llegado de Francia tras haber estudiado allá Ingeniería, mucho antes de que engendrara a Gachi, y que hasta ahora lo recordaba clarito, los ojos azules y el pelo raleado, en la oficina en Iquitos del aserradero entregándole un vale para que fuera a la zapatería Braga.

—«¿Otra vez tú?» —mi madre imitó sus palabras, riéndose—. «¡Te voy a mandar a hacer zapatos de fierro!».

Mi abuela Clotilde enviaba a mi madre con la excusa de que necesitaba zapatos, e imagino que si, en vez de dinero, mi tío Emiliano le entregaba vales firmados a su pequeña media hermana, era porque no quería instalar para sí la imagen de alcancía sin fondo ante las penurias que pasaban mi abuela y sus hijos.

—¿Tú te acuerdas —me dirigí a mi hermano— del día en que mi mamá se lo volvió a encontrar?

—Era domingo y, uffff, estaba resaqueado... pero sí me acuerdo de ella —señaló a nuestra madre—, hablando atolondrada con mi papá. Parecía que había visto al tunche.

—¿Dónde habré estado yo? —me pregunté en voz alta, cogiendo una naranja.

—Yo estaba en la ventana de mi cuarto, mirando la calle... —empezó mi madre.

Su libreto era el mismo desde hacía más de treinta años, pero esta vez le presté atención en espera de algún matiz. Me llené de la luz tibia de ese domingo, cuando por la vereda del frente pasó esa pareja de viejitos vestidos como para ir a misa. Nosotros nos habíamos mudado hacía un par de años desde Trujillo a aquella casita miraflorina en Lima, una vivienda que mis padres no podían comprar, pero que con sacrificios podían alquilar. En la cabeza de mi madre, quien por entonces tenía la edad que ahora tengo yo, se produjo un destello extraordinario: ¿aquella figura distinguida de pasos cortitos no era su hermano Emiliano? ¿El único hijo vivo, hasta donde ella sabía, de su mitificado padre? ¿Cómo explicarse que, tras la migración de Iquitos a Lima de mi madre adolescente, y luego de inventarse toda una vida, tras casarse, parir, divorciarse, trabajar, volver a casarse, volver a parir, mudarse a otra ciudad y volver a Lima con un marido que huía del fracaso y dos hijos adolescentes con ese marido, es decir, que tras tantas décadas sin que ambos hermanos supieran absolutamente nada del otro, el destino los pusiera así de cerca, con un poco de asfalto de por medio? Luego de que mi madre, impactada, le confiara a mi padre lo que creía que acababa de ver, cambió su bata dominguera por ropa de calle y se instaló en la ventana a la espera de que la pareja volviera a pasar: la capilla del Hogar de la Madre en aquel rincón de Miraflores siempre tenía misa a esa hora y casi podía apostar que hacia allá se habían dirigido.

Tuvo razón.

Menos de una hora después, aquellas pisadas cortas y lentas estaban de regreso, y mi madre salió a seguirlas.

—¿Quién te iba a decir que vivían a una cuadra de nosotros? —me dijo admirada mi madre, dejando en claro que toda historia que repite un anciano es la primera dentro de sus emociones.

—¿Y por qué no te presentaste? —le volví a preguntar.

Mi madre, simplemente, se alzó de hombros.

Siempre he sospechado que mi madre temía ser rechazada. Que la niña que todavía se emocionaba adentro de ella se viera expuesta a algún portazo, como le ocurrió de verdad cuando, en Iquitos, mi abuela Clotilde le sugirió visitar a las hijas legítimas de Otoniel en la casa de los Vela. Mi abuela la vistió con el trajecito mejor remendado, la peinó con colonia, y hacia allá fue solita mi madre, con el puñito listo para tocar la puerta. Quien la recibió fue Liseña, la malvada a la que hacía alusión mi hermano, y fue ella quien la botó como a un animal que trae la peste. Si el primer deseo de un ser humano es ser deseado, es obvio que para quien nació de un amor clandestino el mayor temor es ser rechazado.

Por fortuna para mi madre, tiempo después de que avistara a su hermano ya anciano, alguien de esa enorme familia la vio salir de nuestra casa alquilada en Miraflores y los rumores llegaron a oídos de Blanca, otra hija extramatrimonial de mi abuelo, bastante mayor que mi madre, que había nacido en Manaos a inicios del siglo veinte. Para entonces, la anciana pero vital Blanca vivía en Río de Janeiro y visitaba a su anciano y menos vital hermano Emiliano en Lima cada año, animando esos banquetes y reuniones familiares con las anécdotas de su impresionante vida, incluyendo su romance con un presidente brasileño, su amistad con Maria Callas y su odio a Aristóteles Onassis. Fue Blanca la que visitó a mi madre en nuestra casita alquilada y llevó de la mano a la niña de los zapatos nuevos a reencontrarse con esa familia oficial de la cual ella solo conocía rumores.

Cuando esa tarde terminé de almorzar, le pedí a Hitler que hiciéramos una escala en aquella casita miraflorina. Se debía, imagino, a que esta vez las palabras de mi madre habían recalado en mí de una manera diferente, uniéndose a mis ganas de contar su historia. O, quizá, a que recién empezaba a darme cuenta de la enorme obviedad de que su historia antes de mí también era parte de mi historia.

—¿A quién hay que eliminar? —bromeó Hitler, una vez que le señalé la casa para que se estacionara.

—Solo vengo a tomar apuntes —sonreí.

Lo puse al tanto de lo importante que fue la ubicación de esa casa en el reencuentro que mi madre tuvo con el linaje de su padre, pero me callé lo que había sido crucial para mí. Por ejemplo, le dije que mi padre la había alquilado cuando yo tenía dieciséis años, al volver todos de su proyecto fallido de farmacia en Trujillo. También le conté que por esa época la avenida Arequipa y esa cuadra del jirón Tacna reventaban de prostitutas y travestis por las noches, y que no pocas de ellas usufructuaban un matorral bajo mi ventana para consumar sus negocios; y que en mi primera novela había usado esa casa como modelo para la del protagonista. Pero no le dije que con el tiempo a mis padres se les fue haciendo cada vez más difícil pagar ese alquiler y que, cuando ya me había mudado de allí, mis padres y mi hermano fueron desalojados; y menos le dije que hasta ahora me duele imaginarme a mi madre pasando la vergüenza de ver sus pertenencias más íntimas en la calle, aireándose ante la mirada de los vecinos. Tampoco le dije que, en la vereda a nuestra derecha, tan tranquila y sombreada hoy a causa de la hora vespertina, mi tío Emiliano y su esposa Teresa caminaban rumbo a misa cada domingo con la puntualidad de los sacristanes, sin saber que desde una ventana los ojos de mi madre los espiaban como a juguetes inalcanzables en una vidriera.

Lo que sí compartí con Hitler —y hasta ahora no conozco la verdadera razón— fue una imagen que atesoro a pesar de la pena: le señalé la ventana del segundo piso desde donde mi madre espiaba los pasos de su hermano.

—Ahí estaba mi abuela la última vez que la vi.

Hitler guardó silencio antes de animarse a preguntar.

—¿Cómo así, míster?

—Yo estaba aquí, subiéndome a un taxi que me iba a llevar a la terminal de buses para volver a Trujillo.

—Volver... —se sorprendió.

—Tenía que terminar allá la secundaria mientras mi familia se asentaba acá.

Le conté que la vi allá arriba ladeando la mano, con la esponja blanca que formaban sus canas y esa sonrisa que siempre le salía triste, incluso cuando había motivos para la alegría. Seis semanas después moriría de un infarto en aquel segundo piso sin saber que me dejaba como herencia el recuerdo de sus historias. A veces me pregunto si quien lea este texto no estará asistiendo, al fin y al cabo, a la lectura del único testamento que pudo dejarme.

—Está bonito el barrio —Hitler me trajo de vuelta—. A veces lo uso para cortar camino porque por acá no hay mucho tráfico.

En efecto, se trataba de un rincón limítrofe y poco conocido de Miraflores, y quien se afincara en él y tuviera debilidad por las apariencias, podría jactarse de vivir en un distrito con renombre. Esto me llevó a recordar —y tampoco se lo compartí a Hitler— que cuando estudiaba publicidad a pocas cuadras de ahí, entre compañeros de familias más adineradas, solía nombrar mi barrio sin sentir vergüenza, y que fue mi madre quien desde Trujillo le había exigido a mi padre que alquilara una casa en Miraflores, tal vez harta de las penurias que habíamos pasado en dicha ciudad; y se me ocurrió que ese sacrificio brutal para las arcas de mis padres, a pesar del desahucio, con el tiempo sí llegó a pagarnos regalías a mi madre y a mí. En mi caso, puedo confirmar que lo céntrico de ese barrio y su distancia de mi instituto le aportó a mi juventud una conveniente red de contactos en esta sociedad tan clasista. Y, en el caso de mi madre, para ella significó reencontrarse con esa familia paterna que, inflada de mitos, la había acompañado durante décadas en su cabeza.

Luego de quedarnos un buen rato en silencio, mientras las sombras de la tarde estiraban sus dominios, Hitler se animó a mandarme una indirecta.

—Usted dirá —me dijo.

—Vámonos —respondí.

Recién entonces caí en cuenta de que mientras a mí me esperaba mi dormitorio, a él le esperaba un largo trecho entre buses y trasbordos.

A veces pienso sobre lo provechoso que sería instituir cada cierto tiempo el Día de Amarrarse la Mano Derecha, el Día de Andar con los Ojos Cerrados, el Día de Taponarse con Arcilla los Oídos o el Día de Colocar la Corneta de tu Claxon en la Cerrada Cabina de tu Auto, pues no hay manera más directa de aproximarse a la empatía que sentir lo que otros sufren. No existe, sin embargo, medida alguna que pueda alentar la empatía hacia la estupidez. ¿Cómo instituir el Día de las Neuronas Anuladas, el de las Sinapsis Abortadas? La oligofrenia no se puede imitar artificialmente como la ceguera, y tampoco implica sufrimiento para quien la tiene: todo tarado va campante, mientras son los otros quienes sufren sus consecuencias.

Como yo esa tarde.

Aquel Día de Verduras con Descuento iba renegando en el supermercado por las trabas que un entorno gestionado por idiotas nos ponía a mí y a mis muletas. Desde su alojamiento bávaro, Karen se había burlado la semana anterior de mis costumbres de siglo veinte y me conminaba a no quejarme: «En vez de usar las muletas, usa tu pulgar», me había aconsejado. Y yo le respondí que era insensato comprar perecibles desde una pantalla como ella y mis hijas lo hacían, pues es imposible oler un melón mientras agrandas su foto en el celular.

Por fortuna, Hitler me acompañaba esa tarde.

Mi compra semanal no solo resultó más rápida, sino algo menos tediosa, gracias a nuestras observaciones sobre las costumbres alimenticias de los demás compradores, sobre la proliferación del plástico en cuanto producto nos era ofrecido y a las diferencias entre aquel supermercado de mi barrio y el mercado cercano al suyo.

—Esta papaya debe venir con sorpresa —silbó, cuando notó el precio.

—Y estas paltas tienen pepa de oro —añadí.

Mientras nos acercábamos a la caja, mi mirada planeó sobre una de esas vitrinas estratégicamente colocadas para alentar la compra compulsiva, y entre las etiquetas llamó mi atención un arándano con complejo de aceituna.

Me acerqué y leí.

Era un helado de ungurahui, una fruta amazónica que mi madre solía relacionar con su infancia en Iquitos y que es muy difícil de encontrar en Lima: de hecho, la única vez que su sabor agridulce se había derretido en mi lengua había sido en una heladería de la selva. Agarré un pote para mí y otro para mi madre, no sin que mi lado supersticioso me susurrara, para mi contento, que aquel debía ser un buen augurio para lo que estaba escribiendo. Escribir con frenesí implica optar por caminos sin señalización, a una velocidad que impide detenerse como uno quisiera ante cada encrucijada. Pero fue justamente lo contrario lo que nos ocurrió al salir del supermercado: el intenso tráfico que encontramos nos otorgó todo el tiempo para olfatear su sentido. No obstante, en vez de encender la aplicación que señala el camino más rápido, decidimos confiar en la rutina. Avanzamos tan lentamente que, cuando ya habían transcurrido diez minutos, todavía no lográbamos dar la vuelta a la manzana. Fue entonces cuando oímos una orquesta de sirenas no muy lejos.

—Será un accidente.

—Parece bravo —me secundó Hitler.

Como no había nada urgente que hacer, me abandoné en el asiento y señalé el parabrisas.

—Disfrutemos el espectáculo.

Un milagroso claro entre los edificios de la zona nos permitía apreciar uno de esos estallidos que el cielo de Lima ofrece entre la primavera y el verano luego de que el sol se ha ocultado. Nubes onduladas como calaminas reflejaban el rojo de una granada, mientras que un velo más gaseoso le añadía al lienzo unos brochazos violetas. Quizá debido al helado que había comprado, a mi mente le pareció una raspadilla de frutas que mezclaba sabores colosales.

En el comando de música, elegí la lista de jazz.

—Las cosas que uno se pierde por no mirar arriba —filosofó Hitler.

—Una vez leí la fábula de un hombre que se había pasado la vida buscando monedas, y que al final se lamentaba de haberse perdido el espectáculo del cielo.

Hitler soltó una risita.

—El que escribió eso tenía plata...

Aquel cielo que mutaba me pareció tan hermoso, y tan fresco me pareció aquel comentario, que cogí mi celular para tomar apuntes.

—Míster... —escuché al cabo.

—¿Sí?

—¿Y a usted nunca se le ha perdido algo que ha escrito?

—Uy, ese es mi mayor terror —le confesé.
—¿Y cómo hace?

A medida que el auto tortugueaba por el malecón Balta, le conté que luego de cada sesión de escritura, suelo enviarme el manuscrito avanzado hasta ese punto a mi correo electrónico.

—¿Y si está en un lugar sin internet?
—Siempre escribo en algún lugar con internet.
—¿Y cómo hacía antes?
—No sé cómo hacía. Quizá mataba mi ansiedad de otra manera.

Asintió divertido.

—¿Y cuántos correos ya se va enviando?

Me gustó esa manera lateral de preguntar cuánto había escrito.

—No sé... quizá ya esté en un primer tercio de mi libro.

—¿Tan rápido? —se admiró.

Entonces, me dejé llevar por el entusiasmo.

—¿Le leo lo que me envié hoy?

Su gesto bonachón me otorgó la venia.

La jovencita predestinada a ser mi abuela ingresó al sistema planetario que giraba alrededor de mi abuelo justo después de haber pasado un año infernal en Manaos. Su madre la había enviado a aquella urbe colosal que había brotado debido al caucho en la Amazonía brasileña: tenía la esperanza de que una prima suya ayudara a darle a su hija la educación que no podía ofrecerle en Iquitos.

El río se llevó a una niña temerosa pero ilusionada, y le devolvió una jovencita herida.

No me animo a narrar demasiado esa parte de su infancia porque me podrían acusar de trasladar *La Cenicienta* a comarcas amazónicas, pero sí puedo compartir una anécdota que ella me contó una noche y que tú también debes conocer: luego de preparar el desayuno y de lavar los trastos en aquella casa de clase media, debía tender las camas de sus primas como parte de sus obligaciones. Una mañana, tras volver a constatar que no había llegado ninguna carta de su madre —la dueña de casa confiscaba toda correspondencia entre ellas—, mi abuela oyó unas risitas provenientes de la habitación de las niñas. Alguna travesurilla, se dijo. Pero cuando abrió la puerta, la fetidez le dio un puñetazo en el rostro. Las chiquillas estaban escondidas en el armario, pero la mierda que les había salido del culo estaba bien presente sobre cada sábana blanca.

El asco, de golpe, se hizo pequeño frente a su furia. Mi abuela Clotilde debió haber sentido que sus pulmones también se llenaban de justicia y que aquella era la cúspide de una montaña de maltratos, porque sacó a sus primas de las mechas para darles una paliza. Su situación en esa casa empeoró mucho, por supuesto, pero nadie le quitó la satisfacción de aquel desquite.

Unos meses después, tu abuela tomó un barco para rescatar a su hija en persona. Se embarcó con su propia hamaca bajo el brazo y, luego de dos días de navegación por el Amazonas, llegó a la frontera en Leticia. Allí se trepó a otro barco y pasó cuatro días más con la mirada en cubierta, meciéndose a la sombra entre muchas otras hamacas, en tanto el cielo iba mutando lentamente de los celestes plateados de la madrugada a los pincelazos sanguíneos del atardecer. Una mañana especialmente calurosa notó que el poderoso río fluía cada vez más nutrido de barcazas, lanchas y canoas, y al mediodía llegó la constatación: un malecón de altas casonas apareció en el horizonte líquido para confirmarle a doña Rosario que Manaos y su hija ya estaban a su alcance.

No sé si el encuentro de tu abuela con la dueña de la casa terminó en pleito, o si tu mamá rompió en llanto al ver a su madre. Lo que sí sé es que doña Rosario a esas alturas se había desvelado muchas noches pensando en qué futuro podía facilitarle a su hija Clotilde y que en la interminable vuelta a Iquitos ya habían acordado que tu madre la ayudaría en sus labores hasta que llegaran mejores tiempos.

La fortuna no tardó en sonreírles.

Solo pasaron unas semanas hasta que tu abuela y sus hijas fueron admitidas en la hacienda San Ignacio, la joya fabril de Otoniel Vela.

Tu futura madre había conocido en Manaos los grandes adelantos que el dinero del caucho había llevado a esa metrópoli selvática mucho antes que a cualquier otra ciudad brasileña. Eran cosas de magia. Como la luz que aparecía instantánea con solo oprimir un botón en la pared. La sorpresa de mi abuela fue enorme cuando, al entrar por la puerta posterior a la casona de San Ignacio, una de las sirvientas cocamas encendió la luz de la misma manera en esa cocina.

A decir verdad, no había otro interruptor en mil kilómetros a la redonda que pudiera hacer lo mismo. El responsable de aquello era ese señor amable, de camisa blanca como el copoazú, que rara vez entraba en esos dominios femeninos.

Una mañana en que mi jovencísima abuela Clotilde ayudaba a su madre a preparar juanes, mi futuro abuelo entró a buscar una piedra de afilar para poner en forma a su machete. El olor de la gallina sazonada y las risas de las mujeres lo hicieron quedarse un momento más y tomarse un vaso de agua mientras, seguramente, admiraba las curvas de esa muchacha tan crecida para su edad. Mientras mi abuela coge esas esferas de arroz rellenas con gallina y las envuelve en hojas de bijao para sumergirlas en la olla, a mi abuelo se le ocurre comentar que, si bien en nuestra selva se come la cabeza de Juan Bautista, en los países árabes se comen sus dedos.

Las mujeres sonríen incrédulas y mi abuela, chiquilla curiosa, voltea la mirada.

—Allá rellenan las hojas de la uva con arroz y forman unos cigarritos —bromea, mientras hace el ademán de fumarse un dedo.

Algo de gracia le hace a la chiquilla aquel gesto inesperado y por eso vuelve a su labor risueña, pero con la cabeza en otros parajes.

Es probable que aquel descuido le haya cambiado la vida.

Su codo ha topado la olla llena y algo de esa agua hirviente le ha salpicado en el brazo. Ella chilla, pero luego se aguanta. En la batahola su madre habla de usar tomate, una empleada sugiere la copaiba, pero mi abuelo zanja la discusión diciendo que lo mejor ante esa emergencia se encuentra en ese armario de madera con cuatro patitas. Saca el seguro, abre la puerta y, de esa especie de caja fuerte llegada desde Inglaterra, saca una botella de agua helada.

—Ven, guagüita —le dice a mi abuela, mientras empapa su pañuelo en el agua fría.

La chiquilla cede el brazo sin chistar porque ese hombre parece saber lo que hace. Y así, mientras el agua fría anestesia la quemadura, algo de la dulzura que ese hombre guarda en el fondo se conecta con ella. Quizá no es solo el cuidado con que su mano, curtida pero elegante, le toca la piel, sino también esa mirada tierna que pocas veces le han dedicado.

Una mirada que tu abuela Rosario intercepta y que, estoy seguro, aprueba en el fondo.

—Caray... —soltó Hitler.
—Sí... —respondí ambiguamente.
—Esos abuelos sí eran bravos.

Nos encontrábamos ya en las primeras cuadras de mi calle, pero un tráfico inédito nos antecedía.

—El abuelo de mi mujer formó pareja con dos hermanas —los dedos rechonchos de Hitler rubricaron la cifra—. Y con las dos tuvo hijos, fíjese.

—Más primos hermanos no podían ser —bromeé—. Pero ambas lo sabían.

—Claro, al final todos sabían. La abuela de mi mujer y su tía abuela se odiaban, y felizmente vivían en caseríos distintos, porque si no...

Noté que Hitler se había referido a su mujer sin llamarla exmujer. Me pregunté si se habrían arreglado, o si se trataba de la fuerza de la costumbre.

—No es tan raro eso— le comenté—. ¿Usted se acuerda de Ferrando?

Ni bien nombré a dicho personaje me di cuenta de lo inútil de mi pregunta: cualquier peruano de mi edad, o de la edad de Hitler, que hubiera tenido acceso a una radio o a un televisor conocía de sobra al inefable animador y relator deportivo.

—Se sabe que Ferrando tuvo una relación paralela, durante años, con la hermana de su esposa —le conté—. Y una historia parecida ocurrió con el papá de los famosos hermanos Hildebrandt.

—Nooo… —se admiró.

—A propósito, en esa cuadra vivía Martha —le señalé la avenida 28 de Julio, que estábamos a punto de cruzar.

—Era brava esa doña.

—Fue una adelantada a su tiempo —maticé, debido al cariño: tenía muy presentes las tardes en que hablábamos de sus hallazgos como lingüista, y en las que ambos optamos por no hablar de política—. En la época de nuestros abuelos —continué—, las mujeres no podían soñar con la independencia. Para subsistir, tenían que ser un anexo del hombre que se les cruzaba en la vida, o ser espíritus rebeldes. Por ejemplo, cuando mi bisabuela Rosario era niña, nadie se preocupó de que fuera a una escuela en Moyobamba: era analfabeta.

—Nunca leyó ni escribió…

—Nunca. Al menos eso me cuenta mi madre. Si mi bisabuela fue independiente, es porque cocinaba como los dioses y se rompió el alma en las mejores casas de Iquitos, incluida la de mi abuelo. Pero su hija, mi abuela Clotilde, sí tuvo más suerte. Ella estudió la primaria en Iquitos y llegó a tener una letra que dibujaba bien bonito.

—¿Usted la vio…?, su letra, digo.

—Sí… por ahí tengo una carta que alguna vez me escribió. Mi mamá también aprendió a escribir bonito, pero en ella tampoco invirtieron mucho. Quizá si su padre no hubiera muerto…

—Ya me está contando la novela, míster.

—Perdón si lo aburro…

—¡Nooo…! —rio Hitler—. Imagínese.

—Un día, no hace mucho, estábamos mi mamá, Karen y yo hablando de mis hijas. Mi mamá adora a sus nietas, y de pronto se puso a llorar. Ya me estaba preocupando, cuando de golpe mi mamá le contó a Karen una historia que yo ya le había escuchado, pero que esta vez me resonó diferente: le dijo que de niña sufría unos terribles dolores de cabeza y que, cuando su mamá la llevó al médico, el doctor le recomendó que mejor ya no fuera al colegio. Que como era bonita, igual iba a encontrar marido. A Karen y a mí nos quedó claro que mi mamá pensaba que en ese preciso momento le cagaron la vida. Mucho después, luego de su primer matrimonio, cuando mi mamá se divorció del papá de mi hermano mayor, se las arregló para trabajar aquí en Lima de secretaria: tuvo que falsificar su edad en unos documentos para que la creyeran más joven.

Hitler lanzó un resoplido. Y yo continué a todo tren.

—Creo que por eso mi mamá se emociona tanto cuando le cuento en qué van mis hijas. Sus nietas han estudiado, trabajan, viajan… tienen la vida que a ella le fue negada.

—Qué bueno que les va bien… —dijo Hitler al cabo.

El suyo me sonó a un simple comentario para llenar el vacío, hasta que me di cuenta de que había sido un puente para satisfacer su curiosidad.

—¿Y qué es de la amiga de su hijita…? La flaquita…

Sonreí.

Se refería a quien había sido la mejor amiga de Bárbara en la época en que él me tocó de chofer de reemplazo, aquella noche que novelé. Una chica memorable, sin duda.

—Creo que se fue del país.

—Bastantes se están yendo, ¿no?

—Así es. Se nos acabó la bonanza falaz.

—Su hijita menor también, ¿no?

Recordé la última historia de Cordelia en su Instagram, junto a su madre ante un faro de Nueva Inglaterra, en un descanso del curso que fue a estudiar hasta allá.

Y pensé en lo vacía que me esperaba mi casa en un par de cuadras.

—Sí, pero ella regresa pronto.

De golpe, el auto cayó en un pequeño abismo.

—¡No lo vi! —se alarmó Hitler.

El bache no solo remeció el auto, sino que destrabó mi cerebro.

—¡Es el plantón! —exclamé.

Mi buen amigo pareció no entenderme.

—Hoy había otro plantón contra el alcalde de Miraflores —le expliqué— y después iban a marchar por Larco. Por eso el tráfico está así.

—Pucha, míster, por mi madre que en ese hueco entraba toda esa gente…

Algo estaba por comentarle sobre aquel descuido, no solo de las pistas, sino de los demás espacios públicos, cuando una llamada hizo timbrar mi teléfono. El iluminado nombre de mi hermano activó mis nervios. Una vez que encajé el golpe, traté de sonar tranquilo, pero el lugar que mencionó sobresaltó a Hitler.

«Llévala al Rebagliati».

—Nos vamos para allá, don Hitler —decreté.

—Volando, míster. No se preocupe.

Esta vez sí consultamos la aplicación del tráfico y escapamos de mi calle en el cruce con Juan Fanning. Mientras estiraba el cuello con ansiedad para ver qué tantos faros rojos nos precedían, me pregunté si Hitler estaría recordando lo mismo que yo, que fue justamente el desesperante viaje a un hospital público el evento que hizo que nos conociéramos. ¿Es la vida una novela que se plagia a sí misma?

Antes de sumergirme por completo en el posible estado de mi madre —y quizá previendo mi preocupación por los gastos médicos—, me acordé del helado de ungurahui.

¿Cuánto faltaría para que terminara de derretirse?, me pregunté.

Al día siguiente, ya con el sol en alto, el enorme paredón que es el hospital Rebagliati nos volvió a recibir mostrándonos esta vez una blancura refractaria y una cara más amable, alejada de la premura. Más temprano habían trasladado a mi madre del pabellón de emergencias a una habitación en un piso alto del bloque principal; un hecho milagroso y que me da pudor confesar cuando, en nuestro colapsado sistema de salud, cientos de pacientes deben esperar meses por una cama: en mi país, como en tantos otros, más valen los contactos que tenemos en el teléfono que los diplomas que cuelgan en nuestras paredes.

Luego de comprobar que mi madre dormía, le dediqué unos segundos al paisaje que mostraba la ventana. La arbolada avenida Salaverry se curvaba hacia San Isidro como una oruga y, en su camino, esquivaba una zona de rascacielos construidos en los últimos años.

Una fiebre de oficinas de concreto.

Una mole de concreto llena de fiebres.

Sentado junto a mi madre, Ronald se rascaba el brazo tatuado. Su pierna no dejaba de temblar, apoyada en una invisible moto encendida.

—Deberías ir a dormir un poco—le dije—. Yo me quedo con ella.

Mi hermano se restregó la cara con ambas manos.

—Debería ir a alimentar a la perra —rezongó.
El hecho de que no la llamara por su nombre decía mucho sobre su debate interno.
—Hitler está abajo, él puede llevarte.
—No, hermanito. La moto me va a despejar.

La noche anterior, Hitler y yo habíamos llegado al hospital justo cuando la ambulancia acababa de estacionarse, y fuimos testigos de que Ronald la había seguido en dos ruedas. Hay quienes combaten la ansiedad con pastillas y otros, como mi hermano, combaten la suya soltando chistes sin control, fumando marihuana y domando una moto.

—Voy y vengo —se decidió y nos dimos un abrazo.

Una vez que su silueta de árbol coposo traspasó el umbral, con la chaqueta de cuero bajo una rama, deposité la mirada en mi madre. Para cualquier distraído, su cuerpito podía haber sido una almohada bajo las sábanas, y su respiración eran tan leve que habría sido difícil captar la diferencia. Cuando mi madre dormía su rostro nunca era distendido, pero esta vez lo estaba menos: el surco que partía su entrecejo —ese mismo tajo que yo heredé de ella— lucía más pronunciado. Era como si la preocupación de saberse hospitalizada hubiera prevalecido incluso mientras soñaba.

Luego de saltar en una pata, me senté a su lado.

Puse mi mano sobre su pelo y fue como acariciar un estambre del que se ha usado casi todo el hilo. Quise creer que el roce de mis dedos le hizo bien, pues me pareció que su carita de melocotón, aunque deshidratado, perdía un poco de su tirantez. Quién sabe, me dije, si no existía entre madres e hijos una frecuencia exclusiva para ondas que no han sido descubiertas.

Carraspeé antes de susurrarle:

—¿Quieres que te lea algo?

La mañana se reflejaba tenuemente en sus aretes de perla, los únicos ornamentos que se permitía. Y tomé aquel brillo como una respuesta.

Cada vez que recuerdo a mi abuela Clotilde desayunando, la veo hundiendo sus dedos temblorosos en los bollos de pan para quitarles la miga. Como los panes que se compraban en casa eran inflados y abombados, lo que iba quedando en sus manos terminaba pareciéndose a un cuenco, o a la carrocería vacía de un escarabajo. Luego se pasaba largos minutos convirtiendo esa miga extraída en esferas diminutas.

Allí están, claritas.

Son como pildoritas de sacarina junto a esa tazota que dice «Buenos días» que le compraste en el mercado.

Ahora la veo levantarse y cojear, con un lento vaivén, hacia nuestro patio minúsculo para lanzarles aquel festín a los pocos pajaritos del barrio. Mientras los gorrioncitos picoteaban las pildoritas de miga, ella le agradecía a Dios por las aves del vecindario, por el raquítico árbol donde anidaban, por haber visto otro amanecer, y todo esto lo pronunciaba cantando, a veces conmigo haciéndole coro.

Cada sábado, luego del desayuno, yo la acompañaba como su bastón —guayaberita celeste, pantalones cortos, raya al costado— a la iglesia adventista de nuestro barrio mustio en Trujillo y una vez al mes la veía llevar un sobre marrón que contenía el diezmo para su iglesia. Es decir, el diez por ciento de la pensión que el Estado le otorgaba por su último marido, un militar que la quiso mucho.

De regreso a casa, no era inusual que siguiera repartiendo su poco dinero entre los mendigos que nos encontrábamos por el mercado mayorista. Hubo una ocasión, sin embargo, en que su caridad me llenó de espanto. No estábamos ya muy lejos de aquel depósito al que llamábamos casa cuando nos topamos con un hombre que dormía en la vereda, la espalda apoyada en la pared. Su cuerpo desnudo mostraba cicatrices entre la mugre acumulada y sobre sus hombros caía un pelo enmarañado que albergaba tierras de toda índole, parásitos y excremento.

—Es el loco Eleuterio —le advertí.

Era conocido su historial de violencia. Una vez entró como una tromba en la farmacia de mi padre murmurando palabras que solo él entendía y le mordió el brazo a un hombre gordo que esperaba ser atendido. El loco se fue meteórico como llegó, entre gritos de confusión, como si su misión aquel día hubiera sido dar mordiscos en el menor tiempo posible y en la mayor cantidad de lugares. Todo esto lo sabía mi abuela y, aun así, se le acercó con un billete que se había empeñado en colocar en sus manos. Mientras el loco dormitaba, de sus labios escapaba un vaho a muelas podridas.

—Abuelita, vámonos —le rogué.

Mi abuela lo pensó bien y guardó el billete. Pero el alivio me duró un segundo. Había resuelto coger un pañuelo de su cartera y acercárselo para limpiar los mocos que le caían.

Al sentir el algodón sobre sus bigotes, el loco arrugó su jeta. En mi mente, la mano blanca y temblorosa de mi abuela se convirtió en un cordero a punto de ser triturado. La respiración del loco perdió el compás. Sus globos oculares se movieron tras los párpados. De su garganta escapó un murmullo y, entonces, no aguanté más: jalé a mi abuela con todas mis fuerzas y nos alejamos mientras me reprendía.

Por esa época recordarás que vivía con nosotros Magdalena, la mujer campa que limpiaba, lavaba y planchaba en nuestra casa desde que yo tenía cuatro años. Aunque hoy, lo más respetuoso sea decir que era asháninka, la etnia indomable de nuestra selva que años después se enfrentó con valentía a las huestes sangrientas de Sendero Luminoso. El momento en que Magda llegó a nuestra casa es una de las imágenes más antiguas que me acompañan: lleva un vestido recto floreado y su largo pelo negro está recogido en un descomunal moño del tamaño de un turbante. Carga sus pertenencias en un atado y la acompaña una prima de mi abuela, que la ha traído desde Iquitos porque estás embarazada de mi hermano Ronald. «Para que te ayude, sobrina». Una mercancía humana de la cual se puede disponer. Tengo la sensación de que traía un perrito lanudo y que tú no la dejaste quedarse con él y que por eso ha llorado con amargura en su habitación. ¿Ocurrió así?

Magdalena, la del español hablado a escupitajos, no entendía la noción de dinero y era estafada a menudo en sus días libres. Magdalena, la de las piernas chuecas, atraía la lascivia de los cargadores del mercado. Magdalena, la de la china mirada torva, que me miraba a mí con cariño.

Astavito, me decía, porque no podía pronunciar mi nombre ni su diminutivo.

Recuerdo que una mañana, después de que hubo alimentado a los pajaritos, mi abuela le pidió que hiciera alguna tarea y Magdalena no le respondió. Su cara continuó pétrea. Mi abuela volvió a formular su pedido, pero Magdalena siguió con la mirada en los platos y el detergente.

Como tú y mi abuela decían, «se había levantado con el indio».

Entonces mi abuela se le acercó y, con el movimiento más centelleante que le vi en mi vida, le atravesó la cara con una cachetada. Un diente que ya estaba flojo aterrizó en el lavadero con un hilo de sangre. Magdalena se la quedó mirando con furia, los tendones temblorosos y el moño revuelto.

Mi abuela, entonces, le rugió desde su pedestal invisible:

—A mí me respetas.

Una vez, admirada por el ingenio de tu padre —o mitificándolo por su ausencia—, me contaste el rumor de que mi abuelo emitía su propia moneda en sus haciendas para que los peones nativos solo pudieran gastar su salario en los bazares de su propiedad.

Recién caigo en cuenta de que eran cachetadas que se daban en papel moneda.

Guardé el celular y me quedé esperando, inútilmente, algún cambio en el semblante de mi madre. Parecía dormir su siesta acostumbrada. Por fortuna, según los médicos, pronto retomaría esa costumbre en casa, pero ello no me quitó la inquietud de pensar que aquel rostro tan querido apresuraba cada vez más su tránsito hacia su última postura en un ataúd. Los años se aceleran cuanto más tiempo ha transcurrido; la expansión cada vez más rápida del universo refrenda científicamente esta observación. Mi madre bien lo sabía y por eso, en los últimos tiempos, le había dado por repartir varias de sus pertenencias. Mis hijas ya guardaban en sus armarios chales, carteritas y pañuelos que yo le había visto a mi madre cuando en mi infancia salía a alguna fiesta, y ellas ahora los atesoraban como vestigios de una época que veían reflejada en películas. A Karen le había entregado una cartera con forma de sobre, recubierta de lentejuelas doradas, que su hermana Blanca le había traído de Brasil: mi novia había presumido de ella en un par de bodas. Pero yo me había llevado el premio mayor hasta ahora, esa taza grandota en la que mi abuela tomaba su desayuno durante mi niñez. Ahora reposa en mi cocina como si fuera un objeto de arte, y su «Buenos días» pincelado con florituras me saluda cada vez que me preparo un café.

En esas estaba, pensando en cómo las personas nos conectamos en el tiempo a través de los rituales de la comida, cuando Ronald entró bufando.

—El tráfico está maldito, hermano.

—Pero no te has demorado nada.

Sonrió, ahora sí con algo de chispa, orgulloso seguramente de sus dotes de motociclista. Luego cambiamos impresiones sobre el alta inminente de nuestra madre y sobre los cuidados que había que acentuar. En ese momento no pude dejar de preguntarle cómo había encontrado a Chelita.

—Ni se acercó al plato —sonrió con amargura—. Los animales saben.

Como invocada por la mención al alimento, justo entró una enfermera con el almuerzo para nuestra madre.

—¿Tan tarde es, ya vuelta? —bromeó mi hermano, imitando el acento de nuestra selva.

Era una buena señal: poco a poco, nuestra cotidianidad iba volviendo a su cauce.

Quizá aquella alusión de Ronald a la selva, unida a la habitación que ocupábamos, hizo que en mi cabeza brotara un viejo recuerdo: de la bruma emergió el hermano mayor de mi madre, tan querido y respetado en nuestra niñez, sonriéndonos tras habernos resondrado; el mismo de la voz cantora, el de los dedos que pintaban maravillas, el nadador en el Amazonas: el primogénito de mi abuela Clotilde y también el último hijo que mi abuelo Otoniel cargó en sus brazos.

—¿Te imaginas que el tío Iván haya muerto aquí? —le comenté a mi hermano.

—¿En este mismo cuarto?

—Ajá.

—Sería de novela —me respondió.

Sabía lo improbable de aquello, pues el hospital Rebagliati es un dinosaurio que tiene tantas camas como escamas. Pero, aun así, no dejaba de ser una idea tentadora. Con todo, la imagen de la habitación en que nos encontrábamos calzaba perfectamente con el recuerdo de mis impresiones infantiles cuando mi madre y mi abuela volvieron a Trujillo tras enterrar a mi tío y le contaron el vía crucis a mi padre; aunque más probable era que hubiese ocurrido lo contrario: que mi experiencia actual corrigiera el recuerdo que creía tener.

Señalé entonces la silla junto a la cama.

—Mi abuelita le habría leído la biblia ahí.

Mi hermano no dudó en entrarle al juego:

—Y mi mamá habría estado parada aquí, echándole colonia.

Según mi madre, mi tío, envenenado por el azúcar en la sangre, ya no reconocía a mi abuela en aquellos momentos. Ella solo se dedicaba a leerle salmos en voz alta, aunque presiento que en verdad se los leía a ella misma para evadir el dolor.

Mi hermano pareció leerme el pensamiento.
—¿A cuántos hijos enterró mi abuelita? A tres, ¿no?
—Sí —aunque dudé.

En mi recuento apareció una niña que nació entre mi tío Iván y mi madre, y que murió de meningitis. No es descabellado pensar que aquel trío de infantes le hubiera servido a mi abuelo Otoniel para ostentar su virilidad a esas alturas de su vida. Recordé además que, en su siguiente relación con un policía, mi abuela tuvo un niñito, muerto de enfermedad desconocida.

—Sí, fueron tres muertitos —confirmé.

—Y tres maridos —soltó mi hermano—, para hacerle justicia al chiste.

Yo también me reí.

Mi abuela tenía un buen amigo, Ramirito, que trabajaba de jardinero municipal en los parques de Iquitos. Poco después de que mi abuela, sus dos hijos sobrevivientes y su tercer marido se mudaran a Lima en los años cincuenta, Ramirito también lo hizo. En mi niñez lo recuerdo flaquísimo y seco, como una rama podada por él, jubilado ya de haber cuidado parques en Lima. Cuenta mi madre que un día mi abuela se puso a fastidiarlo por sus costumbres de solterón, y Ramirito se defendió con una alusión a su triple viudez: «Clotilde», enunció flemático, «tú no me digas nada: en ese culo penan».

Durante aquel intercambio con mi hermano me pregunté si valdría la pena añadir esa pincelada cómica en un libro que buscaba apelar a la ternura o que, más específicamente, buscaba contarle a mi madre una versión respetuosa de quiénes habían sido sus padres, pero aquella cama de hospital y el olor a medicinas aterrizaron mis indecisiones en terreno práctico: ¿alcanzaría a leer mi madre lo que fuera que estaba escribiendo?

—Ahora sí, ¿qué pasó exactamente? —me dirigí a Ronald—. ¿Por qué se puso nerviosa?

—¿Chelita o mi mamá?

—Ambas.

Mi hermano me contó que la tarde anterior había sido otra de rutina para nuestra madre. La había visto dormitar entre programas de farándula y telenovelas turcas, hasta que escuchó que lo llamaba desde su dormitorio. Serían algo más de las seis. «Alcánzame esa caja», le pidió, mientras le señalaba un rincón superior en su armario. Luego de limpiar polvo y telarañas, tras un par de estornudos, mi hermano le acercó el cofre: contenía papeles amarillentos, algunos de ellos picados por las polillas, y varios sobres salpicados de humedad. Allí la dejó, sentada en su cama, concentrada en abrir esas cortinas al pasado.

—Hace un tiempo que se anda despidiendo de sus cosas —reflexionó.

Al rato, el grito de nuestra madre hizo saltar a mi hermano de su cama.

«¡¡Roni!!».

—Pensé que se había caído, pero no, al contrario... se había parado de su cama. Estaba temblando y con un puchero en la boca, como bebita. «¡Mira, mira!», me dijo. Al principio yo no entendía.

—¿Era un documento?

—No, era una foto.

En ese instante, la perrita ya los observaba inquieta, magnificando tal vez con sus particulares sentidos la intensidad que iba en aumento. Mi hermano observó la imagen, esas cuatro figuras que rodeaban a un ataúd, y entendió menos.

Nuestra madre, entonces, se puso a sollozar, mientras nombraba a su papá y a su último padrastro.

—Recién entonces entendí... —continuó Ronald—. Pero mi mamá no se tranquilizaba, no sé qué carajos se le abrió adentro, hermano, que empezó a dar de gemidos. Me sentí en *La Rosa de Guadalupe*.

Pude imaginar perfectamente la escena.

Una vez, cuando mi padre ya llevaba meses de haber muerto, yo me encontraba de casualidad en su casa cuando mi madre se despertó angustiada de una siesta. Decía tener una piedra en el pecho y, por la forma en que abría la boca, tenía toda la intención de vomitarla. Lo que le salió fue un llanto oceánico, como si todos los órganos de su cuerpo se hubieran confabulado para exprimirse entre ellos y deshidratarla a través de los ojos. Gemía. Gemía. No dejaba de gemir, y mi hermano y yo no sabíamos qué hacer para consolarla. Mi madre ha soportado con estoicismo todas las lanzas que se le han clavado en la vida, y por casi cuatro décadas se empecinó en aguantar las banderillas de mi padre, una persona amable e incapaz de dañar a alguien, hasta que se tomaba el primer trago y nuestro mundo se internaba en la oscuridad de las deudas, la violencia y las heridas sin sutura. Imagino que alguna válvula se abrió durante aquella siesta pacífica, y que el enorme embalse de lágrimas que mi madre se había guardado durante años salió en un torrente que casi nos ahogó del susto. Algo parecido debió habérsele activado cuando se topó con esa foto que, apretada dentro de un viejo poemario, había escapado a su escrutinio.

Entre tanto, la perra se iba impregnando de aquel descontrol; sus propios traumas quizá también despertaron, y empezó a dar de ladridos y gemidos. Mi hermano no tenía la capacidad de tranquilizar a dos organismos en erupción simultánea y no pudo evitar que la perra se abalanzara sobre mi madre para consolarla a lengüetazos: nuestra madre cayó al piso como el mástil apolillado que era, y a su angustia se le sumó el terror.

Echando cuentas, fue una verdadera suerte que no resultara con algún hueso quebrado y que solo le quedaran moretones como recuerdo. Imaginársela con la cadera rota era imaginársela, también, en un tobogán orientado hacia su tumba.

Entonces fui yo quien no pudo contener su propia ansiedad.

—¿Y dónde quedó la foto?

—Debe estar sobre su cama.

Me despedí de mi madre con un beso en la frente, y de mi hermano con uno en la mejilla. Cinco minutos después, Hitler ya nos abría las puertas del auto a mí y a mis muletas: la curiosidad se convertiría en nuestro combustible de mayor octanaje.

Si existiera un diccionario exclusivamente visual, la entrada del Arrepentimiento le estaría asignada a los ojos de esa perra: me miraban desde el rincón más apartado de la sala, dos esferas a punto de salirse de sus órbitas y listas para cerrarse al presentir la patada.

—Tranquila, Chelita —susurré—. La época de golpes ya terminó en esta casa.

Camino al cuarto de mi madre noté que su plato de comida seguía intacto en la cocina, una confirmación de que si nuestros políticos tuvieran la mitad de la vergüenza de nuestros perros, toda barriada latinoamericana sería Dinamarca.

Mi hermano es un gran narrador oral y, tal como la imaginé al amparo de sus palabras, la cama de mi madre me esperaba con un vacío en el medio y una explosiva corola de papeles y fotos viejas alrededor. Constaté a simple vista que aquella galaxia del pasado estaba compuesta por viejos certificados de empleos, números telefónicos de cinco dígitos, calificaciones de una escuela de secretariado, pasaportes y cédulas de identidad llenados a mano, cartas con caligrafía prácticamente bordada, y varias fotos de brindis en matrimonios, de bautizos de bebés que hoy debían ser mucho mayores que yo, un par de imágenes de mi tío Iván cantando en un escenario, y de gente desconocida con modas y actitudes que hoy solo se ven en películas en blanco y negro: la confirmación de que ese cofre en lo alto del ropero era un pequeño mausoleo doméstico.

No tardé en hallar la foto que tanta conmoción había causado.

Mientras que en las demás cartulinas se celebraba, esta se centraba en el duelo, y cerca de ella descansaba un viejo poemario de Lamartine en francés, salpicado de manchas quizá centenarias. Le tomé una foto a la fotografía y, tras sumar siete horas en mi cabeza, se la envié a Karen: todavía le sobraría tiempo para verla y responderme.

Hitler debió haber percibido algo de mi estupor, porque apenas arrancó el auto me tanteó con una pregunta.

—¿Todo bien, míster?

—Todo bien, don Hitler.

Cogí mi celular y volví a usarlo como medio de evasión. Uno de esos algoritmos pareció quererme recordar que mis pasiones pastaban en un redil más amplio, porque en mi Instagram apareció una entrevista de la BBC a Dolores Burruchaga, su mirada perspicaz delante de una estantería de libros y discos, y un titular efectista que decía que los cementerios eran sus parques de diversiones. Fue entonces, como si quisiera apuntalar el remordimiento que empezaba a asomarse, cuando me llamó Karen.

—Amororororor...

Ya que normalmente le habría respondido con nuestra contraseña cursi y cariñosa, mi pudor le resultó transparente.

—Estás con alguien, ¿no?

—Estoy con Hitler, que me está llevando a mi casa.

—¡Mándale saludos! —dijo con alegría.

Hitler asintió a mi lado.

—¿Qué es eso que me has mandado?

Le conté que era una foto que acababa de recoger de la casa de mi madre, a lo que ella inquirió cómo se encontraba. Una vez que le confirmé que pronto volvería a casa, su inagotable curiosidad volvió a tomar el mando.

—¿Quién es el muerto? ¿Quiénes son esas personas?

Saqué entonces la foto de mi bolsillo. No tuve que mirar de reojo a mi izquierda para saber que Hitler le había echado una mirada.

—Es el velorio de mi abuelo Otoniel.

—En Lima, ¿no?

—Sí, en Palacio de Gobierno.

—Anda...

Le di la vuelta a la cartulina. Volví a leer el lugar y la fecha manuscritos en esa tinta largamente seca.

—Pero eso yo ya lo sabía —le aclaré—, mi mamá siempre se ha jactado de que su papá fuera velado ahí. Podía ser uno de esos mitos, claro, pero esto confirma que no lo era. Pero eso no es lo más alucinante: agárrate.

En ese momento, el auto ya emprendía el camino a Miraflores por la avenida Arequipa: nos lanzábamos en picada al paso a desnivel con la avenida Javier Prado y no pude dejar de recordar, otra vez, el travieso pedido de mi madre de que agachara la cabeza.

—¿Ves a los cuatro militares que le hacen guardia al ataúd?

—No soy ciega, amor.

—Ya, ¿pero ves al de adelante, el de los ojos bien claros?

—El que parece una lechuza.

—Es don Lucho.

El silencio duró lo mismo que la oscuridad en el breve túnel.

—¿El que fue padrastro de tu mamá? —titubeó Karen.

—Ese mismo, el tercer marido de mi abuela.

—Pero ¿cómo así?

Miré a Hitler y noté que dividía su atención entre un colectivero zigzagueante y mi diálogo.

—Son inescrutables los designios del Señor —bromeé.

Las siguientes cuadras transcurrieron arboladas, pero más en la sombra circulaban nuestras conjeturas. ¿Podía ser tan rocambolesco el tablero de las casualidades? ¿Cómo iba a adivinar aquel jovencísimo oficial limeño que, muchos años después, iba a convertirse en el marido de la amante de aquel cadáver? ¿Cuándo fue que se enteró de que ese mujerón que conoció en una calle de Iquitos había sido el amor apasionado de aquel viejo que veló por órdenes del presidente? Esa cartulina donde aparecía el cadáver del padre mitificado de mi madre junto al padrastro que sí vio reír y pedorrearse, ¿no era la imagen más cabal de los misterios que se conectan a nuestras espaldas y que tal vez solo los muertos conocen? ¿Qué había hecho que esa foto viajara impune a través de las décadas dentro de aquel libro? ¿Y por qué mi abuela no le había contado a mi madre sobre esa brutal coincidencia, si en la práctica no tendría más consecuencia que la del asombro?

Ni Karen ni yo le encontramos sentido al hallazgo, como era de esperarse, y fue ella quien encauzó nuestra conversación hacia su final.

—¿Cómo está tu pierna?

—Te cuento que mañana quizá baje de peso...
—No entiendo.
—De repente me quitan el yeso.
—Tonto —rio—. Confiesa que lo vas a extrañar, porque ya no vas a poder hacerte la vísssstima...

Me tocó reír de vuelta y, antes de colgar, desearle suerte en un examen que estaba a punto de rendir. Debo haberme encontrado huérfano de conversación, deseoso tal vez de ser contenido, porque agité la vieja foto y suspiré largamente.

Hitler cogió el guante.

—Las familias, ¿no, míster?

El semáforo en la avenida Angamos había retenido a una moderada cantidad de vehículos. Calculé al vuelo lo que nos quedaba de viaje y me animé a responderle:

—Le leo algo para que entienda mejor.

Hitler aceptó con gusto. O eso quise creer.

El sol ya ha soltado su fuelle a esa hora de la tarde y la gente de Iquitos ha salido con júbilo y curiosidad rumbo al embarcadero. Entre ellos está tu padre, rodeado de los ciudadanos más respetados de esa ciudad enfebrecida por el caucho. Gracias a una foto que encontré en la Biblioteca Amazónica puedo dar constancia de que ese día, el 4 de agosto de 1911, mi abuelo dejó los colores claros para vestir un traje oscuro, más acorde con la solemnidad de lo que está por ocurrir.

—Perdón, míster... —me interrumpió Hitler—, ¿qué es «fuelle»?

Hice el ademán con las manos.

—Es ese aparato que sopla aire para avivar la candela.
—Ah, ya —sonrió.
Antes de continuar, tomé nota para cambiar aquella metáfora por pretenciosa.

Rodean a mi abuelo un par de caballeros judíos, Víctor Israel y Jaime Cohen. Los tres juntos forman una M, donde Otoniel es la columna del medio. Mi abuelo posa risueño, parece aguantar una risa mientras que los otros aparecen serios. ¿Habrá sido un chiste que acaban de contarse y que él ha demorado en digerir? ¿Le habrán hecho recordar su reciente viaje a Egipto donde, según dicen, se enamoró de una mujer en cada barco?

En el muelle las faenas continúan, pero a un ritmo distendido. Los fardos de lona que contienen las bolas de jebe son custodiados por hombres armados, pero esta tarde sus ojos se desvían para observar el río con más frecuencia.

«¿Dónde ya estará?», le pregunta un estibador a otro, los ojos chinos y la piel perlada, pero solo recibe una mueca.

Tu padre y sus dos amigos ricachones no tardan en colocarse en primera fila, a unos pasos del jefe militar de la ciudad. El oficial tiene en sus manos *El Oriente* de aquel viernes, donde se anuncia la llegada. Otoniel ladea el rostro con disimulo, tratando de gorrear las noticias sin perder dignidad. No hay otras novedades importantes. Atrás han quedado los días en que el periodista Benjamín Saldaña denunciara en ese periódico el espeluznante genocidio de huitotos en el Putumayo por parte de la Casa Arana para seguir alimentando de caucho al puerto que hoy los reúne.

Tu padre quiere creer que aquello fue una exageración. Que sí: es verdad que se cometieron salvajadas, que se secuestraron a mujeres y a hijos para que los maridos se despellejaran hasta cumplir con las cuotas abusivas; que es verdad que hubo machetes que amputaron piernas y brazos para escarmentar a los que se retrasaban; pero que fueron casos aislados, perpetrados por desgraciados que nunca faltan cuando se trata de colonizar nuevas tierras: desquiciados brutales como Lope de Aguirre nunca han faltado en las latitudes bárbaras.

Sin embargo, no puedo dejar de pensar que la de mi abuelo no es ingenuidad, sino una creencia interesada. No es solo que Víctor Israel, su amigo de al lado, fue alguna vez socio del brutal Carlos Arana, sino que la fortuna de Iquitos y sus sueños para ella dependen de que esa leche vegetal siga su curso y acabe por rodar sobre los asfaltos del mundo. Si luego de investigar esas denuncias contra la empresa de Arana los británicos le bajan el dedo imperial, la grandeza de esta ciudad habrá recibido la estocada de la muerte.

Al traste se iría, por ejemplo, el hermoso hotel palacio que está construyendo.

Qué carajos, piensa tu padre, y su mente se sacude esos pensamientos tal como un perro se sacude el agua: ahora se deja distraer por esas dos embarcaciones que flotan juntas, amarradas sobre el río. Una es la Melita, casualmente de Víctor Israel, y de ella se acaban de descargar, entre otras curiosidades, las primeras pelotas de fútbol que han llegado a Iquitos desde Inglaterra. La otra barca es la Meteoro, la engreída de Otoniel sobre las aguas, y sobre ella la tripulación también espera paciente.

De pronto se escuchan exclamaciones. Alguien ha dado aviso de que una bandera peruana avanza imparable hacia el puerto y, vaya a saber de dónde, unas detonaciones dan una salva de bienvenida. La pólvora llena las narices, los músicos amodorrados cogen sus instrumentos y una marcha militar se suma al jolgorio.

En los siguientes minutos, el puerto habrá doblado su población y todos serán testigos del recibimiento a la lancha militar.

Tu padre asiente, satisfecho, porque el orgullo le viene por partida doble.

Entre vítores desciende, fatigado, el comandante Óscar Raimundo Benavides.

Viste con la mejor percha que pueda permitir la ropa de campaña, pero el viento hace flamear la tela más de la cuenta. Está flaco, bastante flaco, y tu padre se preocupa. Es cierto, entonces, que tiene beriberi. Habrá que engreírlo más de lo que pensaba. Otoniel les pone freno a sus piernas y espera a que las autoridades den las palabras de rigor antes de salir a su encuentro. Cuando le toca el turno al jefe militar, sus frases hablan del orgullo nacional, menciona con desprecio a los invasores colombianos y repite varias veces la palabra Amazonía. Otoniel asiente, sarcástico, y es probable que sus dos amigos piensen lo mismo que él: que, de no ser por el caucho, la gigante selva que los acoge seguiría siendo invisible en los discursos oficiales.

Antes de terminar, el comandante de la región se refiere a Óscar Raimundo Benavides con el epíteto que el diario de Iquitos utilizó ese día, «el héroe de La Pedrera», que «partiendo del nombre de un desnutrido campamento colombiano pasará de boca en boca hasta alcanzar magnitudes de portento. Sépase que se ha perdido una guerra, pero se ha ganado un héroe».

Los aplausos han cesado y Otoniel decide que ya es tiempo de abrirse paso hacia su primo político.

Óscar Raimundo lo recibe con cortesía, es otra mano extraña que estrechar, pero tu padre lo sorprende con su comentario risueño.

—Te lo envía tu prima Juanita. Te está esperando.

El héroe, sorprendido, le da un abrazo. Luego desdobla el papel y toma nota de la invitación que su prima le hace para que se quede en Puritania.

—Todo está arreglado —le afirma Otoniel, cruzando una mirada con el militar que dio el discurso.

Óscar Raimundo sonríe. Sus bigotes parecen salir de un largo sueño.

Para cuando terminé de leer, Hitler ya había estacionado el auto frente a mi edificio y Yashin había salido a supervisar mi desembarco.

—Disculpe, míster, pero... ¿quién es ese Óscar Raimundo? —se interesó Hitler—. Me suena.

—Fue un presidente... Óscar R. Benavides.

—¡Ah, el de la avenida! —cayó en cuenta, no sin júbilo, pensando tal vez en la gran cantidad de veces que la había transitado desde Lima hasta el Callao.

Le conté que nos había gobernado en los años treinta, cuando el fascismo estaba en abierta popularidad, y que había sido primo de la esposa de mi abuelo.

—Un militarote autoritario —resumí—. Un dictador, en realidad. En la familia de mi mamá se cuenta que mi abuelo lo ayudó cuando era joven, y que muchos años después, cuando mi abuelo vino a conocer Lima de viejo, buscó su ayuda para promover un negocio en la selva.

Hitler lanzó un silbido.

—Con el presidente, nada menos.

—Pero el trámite no le sirvió de mucho, porque se murió a los pocos días.
—¡¿El presidente?!
—No, mi abuelo —me reí.
—¡Qué vaina!
—Y fue así como mi mamá se quedó sin conocer a su padre.

Don Hitler se quedó pensativo antes de abrir la puerta.

—Tiene que hablar con Lavoe, míster.
—En esas ando, don Hitler... en esas ando.

Yashin había estado todo ese tiempo atento a nuestra conversación, aunque fingía observar el horizonte marino. No se me ocurrió mejor manera de saludarlo que hacerle el tipo de pregunta rutinaria que solo él y yo entendíamos.

—¿Y quién vino ahora?

Antes de responder, el portero sonrió con pudor.

—Una chica un poco loca, que toma pastillas en...
—¿Rumanía?
—¡Sí! —sonrió.

Aunque se sabía fuera de juego, Hitler sumó su sonrisa a la nuestra.

Una señal más de lo buen hombre que era.

De todos los lujos que compra el dinero, el silencio resulta el más evidente: dime qué tantos ruidos escuchas a diario y te diré qué tan rico eres. Si consideráramos a los amperios dentro del escalímetro social, en un extremo tendríamos a los humanos hacinados en un solo ambiente, condenados a los latidos, gemidos, ronquidos, arcadas, gritos, música y carcajadas de quienes comparten la misma pecera y vecindario; resignados a los traslados vocingleros dentro de la misma ciudad y habituados a seguir compartiendo el tumulto cuando viajan a otra comarca; y, en el otro extremo, espiaríamos a los de la riqueza insultante, a quienes caminan sobre alfombras mullidas en lo más empinado de las ciudades, allá donde no llega el rumor del tráfico ni la presencia de otros convivientes; los mismos que se trasladan tras vidrios sellados rumbo a espacios insonorizados donde sobran los metros cúbicos vacíos y que jamás hacen fila en un aeropuerto porque un avión privado los espera para ser nuevamente cobijados en silencio.

Debo decir que el día que me quitaron el yeso me sentía en la mitad del abanico.

Aunque, tal vez, un poco más arrimado hacia el extremo afortunado.

La clínica había sido inaugurada no mucho tiempo atrás y su diseño había ganado un concurso internacional de arquitectura: bajo su techo catedralicio, un brutalismo contemporáneo aligerado por el cristal capturaba toda la luz posible de Lima y la emanaba otorgándole a la estructura una cualidad ambigua. Así, al contrario de lo que ocurría con el indudable ambiente de hospital que había habitado mi madre, cualquier cineasta podría haber elegido este espacio para recrear una sede corporativa, un centro de investigación tecnológica o una estación de trenes futurista.

El contraste atizó mi culpa.

Mientras esperaba a ser llamado sobre esas baldosas relucientes y ese tráfico mínimo de pacientes, me dio pudor no haber llevado a mi madre allí durante su emergencia: me avergoncé de que mientras de niño mis padres siempre me habían otorgado acceso a los mejores lugares a los que podían aspirar, de adulto yo no había sido totalmente recíproco con las ventajas que había alcanzado. Les había otorgado asomos provisionales a mi privilegio en lugar de un tren de vida. Les había comprado una vivienda, sí. También me había encargado de su manutención, por supuesto. Y aunque en mi consuelo acudía el hecho de que había tenido una familia nuclear que mantener y que no era precisamente una persona rica, a veces, en momentos de comparación evidente, la condena me visitaba.

Para atenuarla un poco, logré convencerme por un rato de que la verdadera razón de mi presencia en esa clínica monumental era Quijadita Villar. Fue a Quijadita a quien había llamado apenas me torcí el tobillo, y fue él quien me había citado de inmediato en su consultorio: «Mejor que hayas metido la pata en ese hueco y no en otro», me dijo aquella vez, confirmándome que nunca iba a cambiar sus obsesiones.

Mientras esperaba a que la encargada del mostrador me permitiera volver a verlo, me entretuve una vez más con el teléfono. Para mi sorpresa, encontré una respuesta de Dolores a mi último mensaje: me confirmó que iba a estar en Buenos Aires y que coordináramos nuestra cita cuando faltara poco. Por mi cabeza rondó la idea de hacerle una broma coqueta, enviarle una foto de mi yeso con alguna frase ingeniosa, pero me incliné por el laconismo. No solo era aconsejable respetar la simetría en el trato, sino que, a decir verdad, me intimidaban su escritura y fama: pocas cosas son tan humillantes para un escritor que sentir que falla frente a un colega usando las palabras.

Una hora después, mi pierna estaba aligerada.

Quijadita me había recibido con esa mirada pícara que había acompañado a sus travesuras en el colegio. Su pelo castaño había sido invadido por un batallón de canas, pero que aún resistía en la batalla. La bata almidonada lucía impecable, y a la par iba su dentadura y también su quijada, bien afeitada, lista para descoyuntarse en cada carcajada. Durante una pausa de la sierra eléctrica le repetí, risueño, lo que todos sus compañeros pensábamos.

—Tú debiste ser comediante, carajo.

—¿En este país? —fingió un colapso dramático—. ¿Y después cómo mantengo a mi harén?

La risa volvió a brotarle, y hacerle coro me limpió de años. Mi asiento se volvió pupitre y reviví los días en aquel colegio conservador en Trujillo que mis padres alcanzaron a pagarme a duras penas; un chico tímido que trataba de navegar sin hacer olas junto a los personajes principales de mi clase: los peleadores con calle y labia, los atletas consentidos por los curas y los pitucos blancos que compartían códigos que el resto ignoraba. Es de celebrar que, aunque Quijadita pertenecía a estos últimos, la burguesía que exudaba no era antipática: mientras que esos pocos hablaban de objetos importados y de viajes a Miami, los alardes de mi actual médico provenían de inventarse proezas amatorias y de contarlas con gracia. Recuerdo, por ejemplo, cuando a los doce años arremolinó en un recreo a sus acólitos y les contó que la hermosa maestra Martínez había acudido a su casa para ayudarle con una asignatura. Según él, tras los primeros besos que empezaron a darse, él agitó una campanita y le hizo un pedido a la empleada:

«Trae mermelada de fresa para esta pinga que se endereza».

Y luego nos explicó, con ademanes grandilocuentes, que la maestra se la pasó chupa que te chupa con el riesgo de volverse diabética. Algo había en la convicción de sus exageraciones que nos transportaba al límite de la credulidad a pesar de sus propias risotadas. Quijadita Villar era un narrador portentoso por el hecho de creer a profundidad cada hecho que compartía mientras lo iba magnificando, y si para sorpresa de todos llegó a ser un respetado traumatólogo en Lima, esto se debió, probablemente, a que se creyó el relato de que iba a estudiar en serio.

Cuando más concentrado parecía estar con el corte de mi yeso, me preguntó a boca de jarro:

—¿Con qué nos vas a estafar ahora?

—Con una historia basada en un hecho real.

—Cuenta.

—Es sobre un traumatólogo que se hace adicto al Viagra.

—Ya empezó este...

—Es que solo así puede alcanzar a tener la pichula como un alfil de ajedrez.

Mi amigo me enrostró la sierra.

—No jodas, que te la corto.

—Consíguete un hacha —me reí.

Le conté que me había puesto a escribir una novela, y recuerdo que cuando mencioné que se la pensaba dedicar a mi madre, su gesto pícaro se enterneció. Dejó de cortar el yeso y me pidió que le enviara saludos, que la recordaba con mucho afecto. Luego me confesó lo distinguida y elegante que siempre le había parecido cada vez que iba al colegio a recoger mis notas, y hasta me recordó que una vez fue elegida representante de las madres del salón para una ceremonia del Día de la Madre en que todos los compañeros hicieron una votación. Conociendo de primera mano cómo piensa una mente púber y, sobre todo, cómo era la mente de mi amigo, me visitó la terrible sospecha de que mi madre hubiera sido por entonces inspiración de pajas febriles, pero bastó recordar su temblorosa figura actual para alejar cualquier asomo de irritación: van siendo muchos los siglos en que se nos ha enseñado que es la belleza de la juventud la que desata pasiones. Con una Helena sexagenaria es poco probable que la Guerra de Troya se hubiera desatado.

De golpe, la bata blanca de mi amigo me dio una idea.

—Quijadita, ¿tú sabes algo de enfermedades tropicales?

—No mucho —respondió—, pero tengo un par de amigos que sí. ¿Por?

Le dije que mi novela pretendía fabular la relación de los padres de mi madre, y que pensaba terminarla con la inesperada muerte de Otoniel Vela en Lima.

—Mira —le mostré una imagen en mi celular—. Es la relación de fallecidos en la Maison de Santé el mes que murió mi abuelo.

Quijadita recorrió el facsímil que obtuve cuando, unos años atrás, había tenido la intención de escribir sobre este tema. Lo había conseguido en el Archivo de la Nación, en un sótano del Palacio de Justicia, que era a donde habían ido a parar los primeros documentos de aquella clínica fundada por franceses. Correspondía a marzo de 1934 y aparecían seis fallecidos descritos con caligrafía meticulosa. Entre Octave Bardaus —francés, soltero, empleado, blanco, ochenta y dos años, muerto el día tres— y Hortensia G. de Godoy —peruana, casada, sin oficio, blanca, cincuentaiún años, muerta el veintiséis— estaba el nombre de Otoniel Vela, fallecido el catorce. Como causa de su muerte aparecía una bronconeumonía.

—Según mi vieja —le expliqué—, los médicos nunca dieron con la enfermedad que lo mató. Dice que corrieron varias versiones: que comió unas fresas mal lavadas, que fue una enfermedad tropical que cogió en la selva, y hasta que fue envenenado por un empresario envidioso.

Quijadita hizo los cálculos.

—Tu mamá debió haber sido muy chica.

—Eres una luz —sonreí—. De hecho, nunca conoció a su padre: ella acababa de nacer en Iquitos.

Mi amigo lanzó un silbido.

—Todo un melodrama.

Asentí, algo preocupado por esa constatación: algo me decía que era muy poco probable que lo que fuera que estuviera escribiendo pudiera tocar, rozar siquiera, la intensidad de los sentimientos que detonaron la muerte de mi abuelo.

—Sí, existen enfermedades tropicales que provocan infecciones respiratorias —me explicó mi amigo—, pero hay muchas otras condiciones que las pueden provocar. Saber exactamente qué mató a tu abuelo, después de tantos años, es como tratar de averiguar cuánto medía la pichula de Sansón.

Asentí, sin mostrar decepción.

—No te muevas, que voy a hacer palanca —me advirtió.

Introdujo unas tijeras romas entre mi piel y la dura costra, y no pude dejar de notar que su Rolex brillaba aún más que esos aceros. En tanto el yeso empezaba a abrirse como la cáscara de una fruta enorme, un sentimiento de liberación interior acompañó al de mi pierna. O tal vez fue que, simplemente, por esa época me dio por buscarle testigos a mi proceso: le dije a mi amigo que pensaba inventarle a mi abuelo una muerte de película basada en un hecho real. «¿Cómo así?», se interesó. Le conté que, gracias a su cercanía con el presidente Benavides, mi abuelo había venido a Lima a tramitar un permiso para fabricar explosivos en la Amazonía. «¿Y eso es verdad?», me preguntó, y le respondí que sí, pero que luego iba a inventar que el ministro de Policía del presidente le tenía a mi abuelo un odio escondido debido a una humillación involuntaria que le había hecho muchos años antes, cuando era un militar destacado en Iquitos. Quijadita —que los dioses recompensen su paciencia— escuchó una perorata mía sobre mi abuelo y la idea de un progreso apasionado digno del siglo

XIX que en nuestra época actual sería la pesadilla de un ambientalista: barcos partiendo al mundo desde Iquitos cargados con explosivos de nitrato selvático, autopistas y ferrocarriles que unirían a los poblados amazónicos aislados en las épocas de caudal bajo: las cosas constructivas que pueden nacer del poder destructivo. ¿No había escuchado mi abuelo hacía poco, en unos de sus viajes a Europa, la novedad de que el universo había nacido de una explosión? En mi fantasía, luego de que mi abuelo obtuviera el permiso, aquel ministro —y futuro golpista del presidente, un hecho que sí es verídico— haría que la policía secreta lo asesine causándole una abrasión en los pulmones.

Mientras tanto, Quijadita me observaba con el casquete de yeso en la mano.

La suya era una mirada que se debatía entre la admiración y la extrañeza.

—Un marido cachudo sería más creíble.

Mi expresión debió haberle apenado mucho, porque cambió de tema.

—Te voy a poner una venda y un soporte.

Al despedirnos, luego de abrazarnos, mi amigo no escapó de la tentación de volver a esa parte del cuerpo que tanto lo obsesionaba: «Cuando quieras cumplir como se debe, me avisas y te enyeso la pichula».

Al salir de la clínica, apoyado nuevamente en mis muletas, Hitler no pudo ocultar su sorpresa.

—Pensé que hoy le sacaban el yeso, míster.

Le mostré que se trataba de una venda y le dije que prefería ir recuperándome sin forzar la máquina. Le recordé, además, que ya faltaba poco para mi viaje a Buenos Aires, y que las muletas me asegurarían un trato preferencial en los aeropuertos.

—¿A dónde ahora? —me preguntó.
—A Argentina —le repetí.
—Nooo… —lanzó una risotada —. Ahorita.
—Donde mi madre.
—Al hospital, entonces.
—¡No! —sonreí—. Ayer le dieron el alta y mi hermano se la llevó a casa.
—¡Qué bueno, míster! Pero me hubiera avisado y yo mismo la recogía.

Asentí agradecido.

El auto arrancó y bastó darle la vuelta a la manzana para toparnos con la Huaca Pucllana. Mientras la rodeábamos, le comenté a Hitler que cuando regresé a Lima siendo un adolescente, aquella inmensa pirámide prehispánica era para los transeúntes y vecinos de Miraflores tan solo un cerro desmoronado por el viento y las lloviznas. Que incluso tenía amigos que la habían trepado en sus bicicletas. Cuarenta años después de aquella época bárbara, hoy era parte del circuito de intereses de Lima y existían restaurantes muy apreciados cuyas terrazas se orientaban hacia sus ladrillos pacientemente reconstruidos.

—En este país escarbas un poquito y te encuentras una ruina —comenté.
—Yo me acabo de rascar y encontré lo mismo —respondió.

Me hizo gracia.

—En serio, míster —fingió ofenderse—, uno arranca como Ferrari y termina como un triciclo.

Lo observé quejarse mientras ponía la direccional para doblar en la avenida Arequipa, un gesto de precaución muy poco limeño. Su abdomen estaba cada vez más cerca del volante, y su piel lucía escamosa, como un pescado mal limpiado. Su mente, sin embargo, escapaba hacia tiempos prometedores.

—Cuando era chico, yo no tenía bicicleta —recordó—, pero los hijos del capataz sí tenían y las alquilaban. ¡Las escapadas que nos dábamos con mis primos!

—Mi mamá también alquilaba bicicleta los domingos —le conté—. Dice que se gastaba toda su propina en darle vueltas a la plaza de Iquitos.

Hitler asintió satisfecho, como si una lejana hermandad nos uniera.

—Un día, bien tempranito, nos fuimos desde San Vicente a Pisco, míster.

—¡Eso está lejos!

—Queríamos comer cebiche en el mismo puerto… lo hicimos en cuatro horas, y no sé con qué cuerpo regresamos.

Cogí mi celular para averiguar la distancia.

—Son ochenta y cinco kilómetros —le informé.

—¿Ve? —sonrió con orgullo, antes de lamentarse—. En cambio, la otra vez nos volvimos a juntar y nos pusimos a pedalear un rato para recordar los viejos tiempos. A la media hora, con el cuerpo frío, esta rodilla ya me estaba haciendo ver al diablo calato. Yo les dije que ya no encontraba placer en montar bici, ¿y sabe qué me respondieron los jijunas de mis primos?

—Qué cosa.

—Que probara quitándole el asiento.

Mi carcajada escapó estruendosa.

—Palabra, míster.

Debido al péndulo que nos regula, ese brote de alegría me llevó a anticipar la tristeza que me iba a dar cuando dejara de ver a Hitler: en estricto, con el yeso ya descartado, en poco tiempo no habría excusa para seguir teniendo un chofer. Y fue en ese momento cuando una voz nacida en mi rincón más rebelde usurpó el espacio de la otra que me representa usualmente.

Que se joda la editorial, me dije.

Resolví mentirles. Decirles que el prestigioso médico que me trataba me había recomendado no exigirme movimientos bruscos durante tres meses, y quién sabe si hasta más. Ajeno a mi resolución, Hitler esperaba a que el semáforo de Juan de Arona dejara de mostrarnos su rostro colorado y, apenas nos dio el verde, la bocina de alguien que iba detrás compitió con la velocidad de la luz. Hitler reinició el camino impasible, sin amedrentarse, haciéndonos proseguir con calculada majestad.

Me sentí culpable por no haberme interesado en sus problemas últimamente, y me percibí egoísta, vanidoso, como si me hubiera impuesto anteojeras de caballo para ver solo las piedras de mi camino.

—¿Qué tal va la reconquista, don Hitler? —me animé a preguntarle.

Su sonrisa les aguantó la pelea a sus ojos apenados.

—Eso ya se acaba, míster.

Por mi mente pasaron tontas frases de aliento, comparaciones con partidos de fútbol jugados con hidalguía, que no hay mal que por bien no venga, y hasta el aforismo atribuido a un emperador chino sobre cómo todo lo malo y lo bueno igual termina pasando. Felizmente, dejé que mi cuerpo hablara. Le di una palmada amistosa en la rodilla, esa misma rodilla de ciclista que me había señalado unas cuadras atrás.

—Hay que acabarlo bonito.

No creo haberle dicho nada más hasta que llegamos a casa de mi madre.

Cuando entré al dormitorio y me topé con su leve ronquido, me estremeció constatar que, al menos durante las dos últimas semanas, la mayor parte del tiempo que habíamos pasado juntos mi madre había ocupado esa posición horizontal. Fuera que la naturaleza nos estuviera acostumbrando ladinamente a la posición final que iría a ocupar durante la eternidad, o que nos recordara que la primera y la última etapa de la vida humana se emparentan en nuestra incapacidad para erguirnos, el impacto en mí fue igual de egoísta, y hoy me produce pudor volver a recordarlo.

Nuevamente, ¿alcanzaría mi madre a leer mi novela?

Y más exacta y rastreramente: ¿afectaría su muerte imprevista a la narrativa promocional de mi libro?

Han sido varias las veces que escuché decirle a mi madre, no sin orgullo, que yo me parecía a mi abuelo, y hasta ahora no sé exactamente a qué se refería. Sobre todo, porque ella nunca lo conoció. Ni siquiera respiraron el mismo aire: selvas traicioneras y montañas inexpugnables separaban sus narices. Al margen de mi piel resistente al tiempo que parezco haber heredado de mi abuelo, solo se me ocurre que en la idealización paralela de su padre y de su hijo, mi madre debe haber intuido una correspondencia en nuestra ética del trabajo, en la terquedad cuando elegimos una meta, en nuestra tendencia al ahorro y en el pavor al despilfarro. Pero todos son, honestamente, valores que también podríamos compartir con Hitler —el original—, y con millones de emprendedores exitosos con propensión a la tiranía.

Tales pensamientos me acompañaban cuando esa mañana me puse a observar el retrato que mi madre tenía a su lado. Sobre la mesa de noche, Otoniel se mostraba con sesenta o quizá setenta años, la edad en que ya había seducido a mi joven abuela, y su piel luce tersa en una época en que no existían cirugías plásticas ni filtros en el celular. Mi abuelo me mira con una leve sonrisa de tres cuartos, algo socarrona: ¿sería que no encontraba bondad en ella debido a que otras dotes extraordinarias suyas se me habían impuesto desde pequeño? Puesto que sus ojos aparecen achinados con el gesto, se podría decir que hasta parece un viejo bonachón. En contrapeso, su bigote discreto y ese pelo blanco le otorgan cierta severidad. Para mí —e imagino que también para mi madre—, Otoniel Vela Llerena siempre ha tenido esa edad. ¿Qué otra cara le iba a poner ella al padre que no conoció, sino la de la única foto que tenía de él? ¿Qué otro rostro podía tener en sus sueños y oraciones? ¿Y qué otro rostro pudo tener en los recuerdos de mi abuela, si ella lo conoció ya canoso?

Hubo un momento, sin embargo, en que mi abuela Clotilde logró que me lo imaginara con el pelo negro.

«A tu abuelito, el pelo se le puso blanco en una sola noche», me contó en el depósito en que vivíamos. Fue en 1914. Otoniel Ríos había regresado de Europa a Iquitos con el corazón desbocado para comprobar, amargamente, que el palacio que había construido le había sido arrebatado: su mano derecha, el hombre que se encargaba de sus trámites de confianza, había huido con el dinero del crédito que debía haber depositado en el banco. Ignoro si fue un robo premeditado con mucha antelación o si fue un plan desesperado que se salió de control. Lo que sé más claramente me lo contó mi abuela: «Esa noche se fue a llorar a la tumba de sus padres y, cuando amaneció, ya estaba canoso. Nadie lo reconoció al día siguiente».

Es curioso que una escena así de trágica me haya parecido entonces natural, y que hoy que la transcribo me parezca de folletín. Pero quién soy yo para dudar de ella. Nunca me ha ocurrido que he apostado mis ilusiones, fuerzas y desvelos a un sueño portentoso para verlo irse a pique ante mis ojos, salvo que ese sueño sea una novela. Para mi abuelo debió haber sido muy doloroso caminar todos los días frente a ese palacio arrebatado, algo así como toparse a diario con la amada que perdiste por una traición. ¿Le echaron una mano sus dos amigos judíos? ¿Encontró el consuelo que esperaba en doña Juanita y sus hijos? ¿Habría escuchado la niñita que por entonces era mi abuela la leyenda del millonario encanecido de golpe?

El viejo me mira impasible, detenido en el tiempo por una combinación de efectos ópticos y químicos, y me pregunto de qué conversaríamos si, por otro tipo de confluencia cósmica, tuviéramos una hora cara a cara, ahí mismo, delante de la cama de su hija. Sé que por mi parte me dedicaría a derribar o confirmar los principales mitos que se dicen de él. Que fue, por ejemplo, amigo íntimo de Julio

Verne y que de sus conversaciones surgió aquella novela titulada *La jangada* —u *Ochocientas leguas por el Amazonas*—: la historia de una familia adinerada de Iquitos que vive una oscura aventura a través del río. No obstante, basta un sencillo ejercicio aritmético para comprobar que cuando Verne escribió esa obra, mi abuelo no tendría más de diecisiete años, edad improbable para alcanzar la amistad de un escritor mundialmente admirado. También buscaría dilucidar si fue amante de Sarah Bernhardt, a quien, según dicen, él llamaba «Rosi» en la intimidad; o si de verdad llegó a hablar diez idiomas, incluyendo el quechua, el asháninka y el cocama; o confirmar si es verdad esa anécdota que tanto me gustaba que me contara mi abuela de que cierta vez llegó al puerto de Iquitos un ingeniero alemán que, al bajar de su barcaza, confundió a mi abuelo con un peón del muelle. Pero sé que más allá de todas estas confirmaciones o decepciones, a lo que más me dedicaría sería a desenredar el ovillo de la seducción. A separar los hilos. Estirar lo amarillo del poder y compararlo con lo rojo de la arrechura, poner a un lado el celeste del afecto y, del otro, el blanco hilo de la curiosidad; armar, en suma, un quipu y tratar de entender ese código que le dio origen a mi madre y, por lo tanto, también a mí.

¿Recibirá mi madre con amabilidad las dudas que me genera su padre?

¿Me seguirá queriendo igual, a pesar de que pretendo martillar el hormigón que sostiene su identidad?

Quizá porque uno nunca deja de ser un niño delante de su madre, ahora me visita cierta esperanza infantil: si mientras duerme le adelanto algo de lo que he escrito, es casi seguro que cuando lo lea despierta ya habrá ocurrido en ella cierta asimilación.

Destrabo mi celular.

Busco el último pasaje que me he enviado.

Me pongo a leerle.

La primera vez que mi abuelo tocó a mi abuela fue por la quemadura en un brazo, y de eso ya hemos hablado.

La segunda vez, en cambio, fue por una quemazón en la entrepierna.

Como un alcohólico que ronda la botella que su familia ha encerrado en un gabinete, Otoniel Vela no puede dejar de pensar en esa quinceañera alta, que lleva ternura en los ojos y bambolea sin querer las caderas. En ese fundo los rodean indias y peones y, en un círculo mucho más amplio, leguas de selva intrincada: lo más parecido a esos chistes donde un hombre se encuentra con la mujer que desea en una isla desierta. ¿Se habría fijado mi abuelo en tu madre si se hubiera topado con ella en la cubierta de un barco, o en una plaza europea... donde fuera que hubiera más mujeres? ¿No es verdad que, más que de una persona, nos enamoramos de una situación específica?

Han pasado dos meses desde que tu abuela Rosario ha llegado con tu madre a ese recodo del río Marañón y me imagino que las miradas que el patrón cruza con su primogénita no le son indiferentes.

Pero ¿cuánto de esperanza hay en su aprensión?

¿No es verdad que a tu abuela ya empieza a nacerle una joroba de tanto trajín? Sus manos están lijosas y sus pulmones han aspirado ya suficiente hollín en las cocinas. ¿Acaso la plata que envían los padres de las niñas alcanza? Y si alcanzara, ¿enviar dinero no es el acto más barato comparado con el de brindarles todo su tiempo y energía?

Por eso, no podría juzgarla si en un rincón de su mente se apertrechara el alivio de que el viejo millonario se ocupara de su Clotilde. Su mirada severa es, sin embargo, una advertencia para mi abuelo y también la principal razón para que el viejo urda una artimaña: ya que su principal comprador de costales de yute ha aceptado visitarlo desde Inglaterra, Otoniel ha decidido prepararle grandes agasajos en Iquitos, Puritania y en San Ignacio, la hacienda en donde tu abuela manda entre las ollas. Al enterarse de la novedad, tu abuela ha transformado su cabeza en una gran pizarra donde los menús y las recetas se escriben y reescriben continuamente, pero Otoniel tiene planes que desbordarían los sueños del cocinero más extravagante.

—¿Cree, doña Rosario —bromea el viejo—, que podamos cocinar suri a la manera francesa?

—Todo se puede, don Otoniel —responde tu abuela, dudando de la broma y de que a ese inglés le vaya a gustar ese gusano grasoso—, pero tendría que ser solo un entremés. ¿Qué se le antoja de fondo?

El viejo sonríe, pícaro, porque tu abuela casi ha entrado en la trampa.

—¿Ha oído usted hablar del lagarto de Cajile?

El ama de llaves niega con la cabeza. Otoniel aparta el diario alemán que estaba ojeando y le describe esa laguna en forma de medialuna que alguna vez fuera una curva del lejano río Morona: un espejo de agua rosada debido a la impresionante cantidad de camu camus que dejan caer sus frutos en sus orillas. Tu abuela no parece demasiado sorprendida, pues mayores rarezas se han visto en la Amazonía. Sin embargo, asiente con interés cuando Otoniel le cuenta que, así como en la China los emperadores comen patas de oso alimentado con naranjas, el importante caballero que van a recibir tiene que disfrutar la exquisita cola de los lagartos que se alimentan en aquella agua sabrosa.

—Y como desconfío de lo que nos traiga cualquier cazador —termina su explicación Otoniel—, le ruego que sea usted quien vaya y se asegure de que no nos estafen.

Doña Rosario vuelve a asentir, disimulando su preocupación.

Su hija mayor. Y ese millonario mucho mayor.

Antes de partir en aquel viaje de seis días por el río, mi bisabuela aleccionará a sus asistentas sobre los platos que deberán cocinarse en su ausencia, les repetirá a las lavanderas la manera de planchar las camisas y de almidonarles cuellos y puños, le reiterará al peón de la despensa la forma en que debe preservarse la chonta junto al masato de los indios, y a sus hijas más pequeñas les recordará las tareas aritméticas que tendrán que hacer para entrar a la escuela en Nauta. Si pudiera arrancarse un ojo y dejárselo a Clotilde para supervisarlo todo a distancia, lo haría, pero por ahora solo le quedará confiar. Aparte de las arengas domésticas, a su hija mayor le dejará una frase enigmática, muy típica de su fe adventista:

—Mil ojos tiene el Señor, como para defraudarlo.

Pero a la luz de lo que ocurrió después, me pregunto si tu madre habrá entendido que el Señor al que se refería tu abuela era el que se escribe con mayúscula.

La primera noche en que la madre se alejó de la cría, el otorongo no atacó frontalmente. Ingresó a la zona de servicio con paso cauteloso y tocó con suavidad la puerta. Iba vestido con una camisa blanca, los puños abrochados, y se había puesto un toque de perfume.

Sin embargo, el detalle clave de la incursión no tenía que ver con su apariencia.

Cuando abrió la puerta, tu madre sintió el arrebol en todo el cuerpo y cruzó instintivamente los brazos sobre el camisón. Tu futuro padre sonrió al percibir su turbación, pero trató de que su gesto se sintiera amigable.

—¿Te gusta la poesía?

Tu madre titubeó. Le hubiera gustado decir que sí para quedar como una jovencita interesante, pero ¿cómo encontrarle gusto a lo que no se conoce?

No le quedó más que negar con la cabeza.

—Para que lo leas antes de dormir —dijo el viejo, y aquí sí sonrió con un gesto de cariño.

Tu madre recibió el librito encuadernado en cuero con el nombre de Lamartine en letras doradas. Al abrirlo, notó que estaba en francés.

—No importa si no lo entiendes —advirtió mi abuelo—, solo susurra las palabras y sigue su ritmo.

—Gracias —atinó a decir tu madre, contrariada.

Y fue aquí cuando mi abuelo se jugó una carta importante.

Tal vez, la que determinó que tú y yo existiéramos.

—Déjame traducirte un poema antes de que duermas.

Entonces, conminó a tu madre a que se recostara mientras él tomaba asiento a su lado, al filo de la cama. Mi futuro abuelo cogió el libro y buscó el poema de Lamartine que ya había separado con antelación, no uno obviamente romántico, más bien uno que hablaba de la soledad, de montes y de ríos, figuras muy fáciles de entender para una chiquilla que nunca ha salido de la selva que los rodea.

Tu padre, entonces, carraspea y empieza a leer.

Su voz se desliza sobre el silencio como una serpiente, pero va dejando la piel en el camino, hasta que solo queda la ternura desnuda. Algo ha ocurrido mientras lee esos versos: el recuerdo de sus mil batallas y sus amores, probablemente, que lo emociona sin que se dé cuenta.

Aquí el río con olas espumosas murmura,
serpentea y se pierde en oscuros confines;
allí inmóvil el lago es un agua dormida,
con la estrella de Venus adornando su azul.

Cuando termina todos los versos, Otoniel tiene que aclararse la voz. Sus ojos se han humedecido sin que lo tuviera previsto. ¿Será, además de los recuerdos, el tremendo peso de sentir cerca la belleza en su versión más inocente?
Mi abuelo ha logrado lo que quería.
Si antes tu madre lo miraba con recelo y admiración, en estos momentos lo hace con ternura.
El viejo, entonces, le acaricia suavemente la mano y le desea buenas noches.
Cuando se va, Clotilde todavía siente la electricidad en la piel.
El otorongo sabe que en dos o tres noches más caerá su presa.

Una vez que terminé de leer, noté que mi garganta hormigueaba. Una confirmación de que, conforme leía, renglón tras renglón, mi voz se había ido elevando a escondidas de mi voluntad. Carraspeé mientras observaba a mi madre, emparentado con esos niños que buscan a la suya entre la multitud luego de haber recitado en alguna ceremonia.
¿Le había cambiado acaso la expresión? ¿No estaba su frente ahora menos fruncida que antes? El niño que

aún me habita quiso creer que sí, que probablemente una ventanita a sus sueños se había entornado lo suficiente como para que mi voz la arrullara con esa historia del siglo pasado.

De pronto, la voz de mi hermano me hizo dar un salto.

—¿Quién te contó eso? —sonó admirado.

—Nadie —volteé a responderle.

Sus rulos: un rebaño de ovejas pastando junto al marco de la puerta.

¿Desde hacía cuánto estaría ahí parado, escuchándome?

—Me lo he inventado... —traté de sonreír.

Antes de proseguir por el pasillo, mi hermano levantó el pulgar con un gesto travieso que no supe cómo interpretar: distinguir la complicidad de la burla es muy difícil cuando se está atravesando una etapa de inseguridad.

Me encogí de hombros, al menos mentalmente. Acto seguido, me agaché a darle un beso a mi madre.

—Tengo que ir a hacer mi maleta —susurré en su orejita con perla.

Su carita me despidió. Inmóvil. Como un durazno que, bien acomodado en el frutero, se precipita con lentitud a su destino.

La charla en Buenos Aires terminó con unos gratos aplausos a pesar de mis temores.

La mayor parte del mérito se lo debo a mi amiga Katya, que no solo congregó a varias de las amistades que había hecho desde que se mudara del Perú a Argentina, sino que desplegó en la mesa esa sensibilidad propensa a la intuición que nos hermana, que me hace sentir cómodo, y que me acoraza del miedo a hacer el ridículo en todo auditorio que, en la mayoría de mis pesadillas, prefiere la frase que impacta en la diana del concepto al abanico de las dudas que dejan las emociones. Muy a la altura de su perspicacia resultó la iniciativa de mi amiga de empezar nuestro diálogo con una mención a mi pie inmovilizado, proseguir con la incomodidad de viajar largas distancias en tales condiciones, y recordar cómo de niña el personaje cojo de John Silver en *La isla del tesoro* le había inspirado temor y seducción, esa conjunción a partes iguales que da forma a la fascinación. Pasar de Stevenson a Borges fue un trámite sin obstáculos y, hacia la mitad de nuestra conversación, los rostros distendidos ante nosotros me confirmaron una vez más que el hilado de las ideas es capital ante un auditorio, pero que lo que dirime la satisfacción es el clima mientras se acciona el telar.

Sin embargo, admito que fueron los labios de Dolores, rojamente sonrientes entre el público, los que más me tranquilizaron.

Una vez que culminó la charla, mientras Katya y yo firmábamos nuestras últimas novelas, mi mirada no dejaba de oscilar furtivamente entre la fila de admiradores que rodeaban a Dolores y mi celular sobre la mesa. La frase salvadora apareció cuando ya estaba por perder la ilusión.

«Nos vemos en media hora», decía el mensaje, seguido de su dirección.

Me despedí de Katya con un abrazo lleno de cariño y de culpa. Le repetí lo mismo que había aducido ante mis anfitriones de la editorial, que esa era la única noche que podía juntarme con un viejo amigo de mis épocas de publicista —«viejo de verdad», remarqué para ser creíble— y que ojalá nos pudiéramos juntar a partir del día siguiente.

Cuando el Uber se detuvo ante la fachada del centro cultural, el conductor se mostró solícito con mis muletas, pero las desestimé al instante: «Son un adorno», sonreí. El hombre parecía de mi edad, pero las pieles claras son engañosas cuando sus biografías se han escrito a la intemperie. Notar su campechanía y preguntarme qué estaría haciendo Hitler en ese momento fue lo mismo. Mientras el auto arrancaba, recordé que unas tres o cuatro décadas atrás, miles de peruanos habían emigrado a Argentina para no seguir cayendo en la miseria de entonces. ¿Habría terminado Hitler haciendo lo mismo aquí? La proximidad de los vecindarios de Borges y Cortázar, esos héroes de mi juventud, me hizo pensar en un universo en el que ese Hitler emigrado y mi yo recién llegado entablaban una conversación en ese auto, con vidas distintas cada uno: él con un par de hijos que pronunciaban «sho» en lugar de «yo», aspirantes descartados a jugar en el fútbol profesional argentino; y yo, huérfano de mi última novela, la mejor de cuantas me había atrevido a terminar.

A los pocos segundos, el acento porteño me interpeló desde el volante.

—¿Está bien la música?

—Inmejorable —le respondí.

El largo acorde de un sintetizador acababa de iniciar su expansión, y una caja de ritmos se trenzaba con un bajo para acunar la voz de Charly.

Acabo de llegar
No soy un extraño
Conozco esta ciudad
No es como en los diarios desde allá.

Fue una intravenosa de nostalgia y de estupor: casi treinta años antes, en uno de mis viajes a Buenos Aires cuando era publicista, el taxi que había tomado en el aeropuerto me había recibido con esa canción, y hoy se repetía el mismo acto, pero cargado con más vida a cuestas. Si aquella vez el trayecto con la canción había sido un *videoclip* que empezó entre el iluminado verdor de Ezeiza y terminó entre viviendas suburbiales, entre añoranzas por la adolescencia en que había escuchado *Clics Modernos*, esta vez se me presentaba el trayecto de una Buenos Aires nocturna, de crisis y crispaciones multiplicadas que convivían con el optimismo, postales lumínicas que hoy me conmovían especialmente. La canción reincidente me hizo pensar que quizá los taxistas bonaerenses tenían el tácito pacto de ponérsela a quienes sospechaban como llegados del extranjero, pero recapacité: si el tercer marido de mi abuela había velado al primero sin saberlo, cualquier casualidad era posible en esta vida.

—¿Me pasea por Diagonal Norte, por Plaza de Mayo? —me animé a decirle al conductor—. Se lo añado en la propina...

—No se preocupe —me tranquilizó el hombre—, igual está de camino.

Esta vez sí tuve el *videoclip* soñado: se aglutinaron la voz que Charly García mantenía como seda en 1983, la supervivencia de entonces a la dictadura argentina, la esperanza ingenua de que esta vez el amanecer sí sería el definitivo; todo ello unido a la experiencia de un oyente que décadas después ha amado y también perdido, mientras la ventanilla grababa en mis retinas calles majestuosas venidas a menos y muchos adormilados sin hogar que se guarecían bajo monumentales portales: Sáenz Peña era una incisión diagonal en aquella ciudad palpitante y las arterias que cruzamos se sucedieron al ritmo del secuenciador: Suipacha, Esmeralda, Maipú y Florida, antes de rodear ese gran charco seco que era Plaza de Mayo.

A la altura de la angosta y empedrada calle Balcarce, la canción de Charly ya había terminado, pero aún me acompañaba la inminencia del encuentro con Dolores en esa vértebra de San Telmo. Mis manos sudaban, y la voz chusca que siempre me acompaña rogó que ojalá mis huevos no fueran a copiar su ejemplo.

Un timbre. Un pasillo a media luz. Un viejo ascensor con rejilla.

Cuando Dolores me abrió la puerta, su beso, muy cercano a mis labios, tranquilizó un poco mis nervios. La suave resonancia de Miles Davis también aportó lo suyo.

—Ponete cómodo —me dijo al vuelo, y me señaló un sofá que sostenía en un lado una manta estampada con el rostro de Stephen King.

—Fue un regalo —sonrió, justificando esa bofetada *kitsch*.

Luego se disculpó porque tenía que terminar una conversación con su agente, que en ese instante se encontraba en algún lugar de Asia, y volvió a entrar a lo que parecía ser su dormitorio. Su voz enérgica, a veces demandante y a veces reilona, acompañó como fondo a mis fisgoneos: se trataba de un piso pequeño en el que la sala, el comedor y la cocina formaban un trío sin separaciones; los estantes de discos, videos y libros —los recordé de fondo en algún retrato— peleaban la batalla del protagonismo contra unas fotografías de Sara Facio enmarcadas en blanco y negro, y unas bien cuidadas plantas de interior. Karen habría adorado a Dolores aún más por ese amor a la savia. Recuerdo que imaginé la cara que mi novia pondría cuando le contara la aventura que estaba teniendo, algo que, en estricto, debido a la distancia, podía ser admisible dentro de nuestra relación sin preguntas, pero preferí que mi lado perverso tomara como un reto el justificar ante ella mi conocimiento de aquel departamento. Cual gigantesco fisgón, por las dos ventanas asomaba la robusta copa de un plátano oriental: imaginé que debía aportar una fresca sensación a la luz del día y me pregunté si llegaría a constatarlo. Lo que más me gustó, sin embargo, no fue esa delicada acumulación de objetos, sino la ausencia de otros: en todo aquel espacio no vi ni un recorte enmarcado, ni un trofeo, ni siquiera una entrevista sujeta con chinchetas que pudiera dar testimonio del enorme prestigio de mi anfitriona.

La deseé más.

A continuación, me puse a sobrevolar la enorme mesa de roble que, cual isla compartida por dos naciones, la dueña de casa había partido en dos para trabajar de un lado y para comer del otro. En República Dominicana había un platón de fiambres junto a una botella de Malbec, mientras que el caos previsible estaba reservado para Haití: varios libros abiertos con anotaciones en los márgenes, pilas de otros ejemplares acuchillados por separadores, además de fólderes y hojas sueltas escritas a mano que rodeaban a su *laptop* reluciente. Husmeé más de cerca, quizá con la vana esperanza de tratar de entender la mente de Dolores a través de aquel laberinto exterior. Lo único que saqué en claro al observar de cerca los libros así expuestos es que estaba trabajando algo relacionado con Alejandra Pizarnik, tal vez un ensayo. Un poema en particular estiró su mano hacia mi cogote y me dejó sin aliento sobre la página: preguntaba cuál era el nombre del nombre, nombraba ataúdes y velos, y remataba diciendo que cómo era posible no saber tanto.

Al día siguiente lo busqué: se titula «En un otoño antiguo».

Si hacía un rato la voz de Charly García me había conmovido por lo que creía saber de mi vida, aquel verso de Pizarnik me había conmocionado, tal vez porque expresaba el nostálgico asombro que venía acompañándome desde que había decidido escribirle esa maldita novela a mi madre.

—Pero no necesitás las muletas... —exclamó Dolores al verme de pie y sin ayuda.

—Me gusta hacerme la víctima.

Recuerdo que nos sentamos en el sofá semicubierto por Stephen King y que bromeamos sobre las muletas artificiales que nos inventamos para salir menos temerosos a la brega. Le conté que cuando era un adolescente, tímido y aterrado ante la perspectiva de conversar con chicas, solía llevar en el bolsillo un papelito escrito con combinaciones posibles de diálogos, una chuletilla que nunca utilicé pero que me tranquilizaba como el inhalador a un asmático. «Mirá vos, ya desde entonces hacías hablar a tus personajes», se rio; y ella me confesó que no podía sentarse a escribir sin escuchar canciones de Nick Cave, que estaba segura de que la tierna oscuridad que emanaba de esa voz y de ese ritmo les transfería a sus pasajes algo de su magnetismo. Con los minutos, el vino fue alineando mi cuerpo con mis fantasías: toqué la recta cortina de su pelo rubio con la excusa de bromear sobre mi calvicie y los champús que había abandonado hacía treinta años, le quité una pelusa a su falda mientras le confesaba que me gustaban los personajes literarios con manías determinadas, y sé que ella se daba cuenta, absolutamente, de mi nerviosismo disfrazado de simpática vulnerabilidad, lo cual me aterraba dulcemente y me llevó a pensar que quizá dos escritores que acceden a tener una aventura son duelistas que toman apuntes con ojos, olfato, lengua y piel, y que el resultado definitivo solo se conoce una vez que sus sensibilidades se han convertido en literatura.

De pronto, como si hubiera estado pensando en algún símil parecido, Dolores hizo un comentario como quien se queja del clima.

—El prólogo está muy largo, ¿no te parece?

Su dormitorio estaba casi en penumbras, pero la imaginación les abrió ojos a mis dedos. Lo recuerdo con nitidez: en mi excitación, sus blanquísimas piernas fosforecieron y me mostraron la pista para un aterrizaje casi en picada, mientras que un adolescente «no la cagues, no la cagues, no la cagues» repiqueteaba en mi cabeza.

Fue un fiasco.

Ni siquiera haberme concentrado en una severa foto de Nietzsche que había por ahí me salvó de eyacular a los pocos segundos: pocas cosas son tan humillantes como tener una chorreada así de degradante frente a unos bigotazos que te recuerdan al Superhombre. Quise disculparme, decir que algo así no me pasaba desde la adolescencia, buscar alguna forma de humor como salvavidas, pero lo único que me salió fue una risa avergonzada.

—Puta madre...

Ella se rio y acarició mi calva de manera maternal. Y cuando notó mi intención de reptar hacia su entrepierna para paliar la asimetría, me pidió que no me preocupara, que prefería conversar. Un rato después, mientras Miles Davis sí le daba uso a su boca desde la sala, Dolores se interesó por saber si de chiquito había visto mucha pornografía. Negué con mucha curiosidad. Le expliqué que cuando la tecnología logró atrapar todas esas cogidas en cintas domésticas, yo ya era un veinteañero.

—A mí sí me tocó verlas de nena —recordó—, me daban algo de risa, y también de nervios. Pero para ustedes debe haber sido nefasto.

—¿Tú crees? —me interesé mansamente.

—Pero claro. Es como decirle a un pendejo que empieza a hacer gimnasia en la escuela que tiene que comportarse como un atleta olímpico. Demasiada presión para ser un supermacho. ¡Y con todos esos trucos de película, además!

Nunca había visto la pornografía desde ese ángulo, pero no se lo comenté. Tampoco le agradecí que compartirme ese ángulo del machismo fuera una manera muy sensible y elegante de minimizar mi horrenda *performance*. Imaginé que en los rescoldos de mis ansias aún quedaba un carbón presto a encenderse con un soplo, una ilusión de desquite cuando la sangre volviera a estar lista: si mi abuelo había sido un fundador de descendencias hasta en la ancianidad, la genética no podía permitir que yo anduviera a la saga teniendo varios años menos.

—Últimamente me tiene preocupado algo que estoy escribiendo.

Ni bien se lo dije, me arrepentí. Estaba seguro de que Dolores iba a tomar mi comentario como la excusa primariosa que era: lo mío no era un problema de virilidad, sino de la mente.

Como leyéndome el pensamiento, Dolores comentó riendo:

—Bloqueo mental.

—Bloqueo semental —retruqué.

Ambos nos reímos de buena gana, en el que quizá fue nuestro momento de mayor entendimiento. El humor es el mejor detector de las frecuencias en común y es el último pegamento de las relaciones humanas: en el fondo solo somos primates que quieren divertirse.

—Contame qué estás escribiendo —se interesó, mientras acomodaba sus grandes pechos bajo la sábana.

Dudé. Me sentí como dando un examen, y ante Dolores Burruchaga, nada menos. Pero luego pensé que tras el espectáculo de mi pichula como manguera descontrolada de bombero ya no podía caer más bajo.

—He resucitado a un alter ego —carraspeé.

—Todos usamos un alter ego, incluso cuando no escribimos.

Su comentario, aunque algo soberbio, me sirvió de aliciente.

—Simplifiquemos, entonces —me animé a sonreír—. Digamos que mi madre ya está muy anciana y que solo le queda tiempo para leer un libro más en la vida: pues he decidido que ese libro se lo tengo que escribir yo.

—¿Y qué tipo de libro sería?

Su entusiasmo me pareció genuino.

—Un recuento de los relatos que he escuchado sobre su padre y su madre.

—Entonces le vas a regalar una historia de amor…

—Mhmmm… es más complicado que eso.

Le conté sobre ese personaje mitificado que era mi abuelo, su educación universitaria en Cataluña y sus relaciones comerciales con Europa; sobre sus haciendas fabriles, el aserradero, el hotel hoy grabado en una moneda, las fábulas de la selva amazónica, y me reservé para el final, como cereza, la diferencia de edad con mi abuela.

—¡Epa! —dio un respingo.

Que yo supiera, Dolores no era una activista del feminismo como otras colegas suyas, pero sí había visto imágenes de ella en alguna correntada de pañuelos verdes. Temí una reprimenda.

—Mirá —se acomodó en la almohada para que nuestras caras estuvieran mejor enfrentadas—, eso no era tan raro hace cien años. Vos sabés que en la época de Lewis Carroll las niñas de doce podían ser entregadas en matrimonio… si eso pasaba en Londres, qué no pasaría donde el diablo perdió el poncho.

Asentí.

—A propósito, ¿vos sabías que Carroll escribió el libro y se lo dio a Alicia justamente como regalo de Navidad?

—No —respondí admirado.

Sonrió.

—No sos el primer escritor que regala un manuscrito.

Yo también sonreí, con el escozor que da no saberse especialmente original, pero con el consuelo que otorga sentirse parte de una tradición.

—Pero no solo está el problema de la edad —murmuré—. ¿Has oído hablar de Arana, el cauchero?

Negó con la cabeza.

—Aparece en *El sueño del celta* de Vargas Llosa…

—Hace mucho que no leo a Vargas Llosa.

Fue mi turno ahora de llenar nuestro intercambio con hechos que ella ignoraba. El más brutal, el genocidio de siete etnias que debían recolectar caucho en la región del Putumayo, entre Perú y Colombia, en la época en que mi abuelo vivió su esplendor.

—¿Pero era cauchero tu abuelo, entonces?

—No lo era. Al menos no hay constancia de eso. Pero gracias a esa fiebre amasó su fortuna.

Suspiró.

—¿Vos has oído hablar de la Campaña del Desierto Verde?

—Algo —mentí.

—Mi bisabuelo fue un general durante la conquista de la Patagonia. Fue un exterminio de indígenas, tal como lo hicieron los gringos en Norteamérica. Mirá, por décadas el Tatata fue un héroe en las conversaciones familiares, y recién en mi generación ha empezado a ser puesto bajo observación. Al menos tu abuelo no ordenó que machetearan a esos indígenas...

Ahora me tocó a mí suspirar.

—No seas tan culposo —sonrió—. Acusarlo de cómplice de genocidio en tu libro sería como si yo acusara de cómplice al empresario que hacía las monturas de mi abuelo.

—No sé aquí —le dije—, pero «empresario» se ha vuelto un vocablo complicado en mi país. Recientemente, varios de ellos se han mandado grandes cagadas.

—Aquí también... explotadores ha habido siempre. Lo que está mal, me parece, es juzgar al pasado con la óptica del presente. Cuando veo cómo se tumban estatuas de Colón tan alegremente, a veces pienso que preferimos concentrarnos en los horrores de nuestros antepasados para no ocuparnos de los horrores de nuestra generación.

—A mí eso me preocupa por otro motivo —le respondí—. Cuando tumbamos un monumento queda el vacío y ya no existe la posibilidad del contraste. Se va al carajo la oportunidad de discutir la diferencia entre dos épocas y se refuerza esa idea que tienen muchos mocosos de que el mundo se creó cuando nacieron.

—Ya, ya... —soltó Dolores una risita—. Solo te pido un favor, ¿sí?

—Qué.

—Que no menciones a Hannah Arendt en tu novela.

Volvimos a reír, y aquella me pareció la mejor alternativa a alcanzar juntos un orgasmo. Una idea, sin embargo, me seguía carruseleando en la cabeza y no quería dejarla a medio camino de su transmisión.

—Imagino que hace cien años los empresarios tenían mucho más prestigio —volví al tema—. Eran hombres con derecho a explotar la tierra y los mares en nombre del progreso.

—Blancos, mayormente.

—Mi abuelo no era exactamente blanco —reí—, pero se había blanqueado lo suficiente.

Me callé un instante, y me pregunté si en esto último no nos habíamos parecido.

—Sí —retomé el hilo—... llamarlo empresario sería una mejor descripción y una buena explicación de la vida aventurera que tuvo.

—Recordá que empresa y aventura son sinónimos.

No me aguanté y le di un beso.

—¿Lo puedo usar? —proseguí con entusiasmo—. De hecho, fue una aventura empresarial lo que hizo que mi abuelo muriera en Lima. ¿Te imaginas que conocía Europa, pero no la capital de su país?

Le comenté que hoy un vuelo de Iquitos a Lima demoraba menos de dos horas, un parpadeo si se comparaba con las ocho semanas que suponía un viaje por montañas y ríos antes de la invención del avión. Le conté también, mientras mi mirada volvía a buscar sus tetas, que se había documentado el caso, a inicios del siglo XX, de una mujer de Iquitos que debía cuidar a su marido enfermo en Lima y que se embarcó en el río Amazonas rumbo al Caribe, se desvió a Nueva York y luego bajó a cruzar Panamá por tierra para después llegar a Lima por el Pacífico:

la odisea de surcar medio mundo para viajar dentro del Perú.

—Eso me parece fascinante.

Por mi cabeza pasó decirle qué fascinantes me parecían sus tetas, pero por fortuna ella continuó hablando. Y lo hizo con un timbre que me recordó a la ternura.

—No vale la pena que desilusiones a tu madre con eso —me dijo—. Eran otros tiempos.

Asentí.

—Además, tu madre es más inteligente de lo que creés.

Me quedé sin palabras que pudieran objetarla y ella pareció percibirlo. Era probable, además, que Dolores sintiera que se había tomado una atribución muy grande en nombre de una mujer que no conocía, pues cambió aquella ternura —que podía ser interpretada por condescendencia— por un tono cómplice y esperable entre pares.

—¿Sabes que Pizarnik decía que cuando leyó *Cien años de soledad* sintió envidia? Aunque ella sabía bien que una hija de inmigrantes judíos no podría escribir como García Márquez.

—Creo que nadie podría escribir como García Márquez.

Asintió, antes de proseguir.

—Ella se consoló diciendo que lo más difícil es escribir lo que uno se propone. Eso y nada más.

—¿Y si no sabes lo que te propones? —me angustié.

—Uno escribe lo que puede.

La suya fue una sonrisa triste, como la de los sentenciados a una condena digna. No se me escapó que había dicho «uno escribe», en masculino, en lugar de «una escribe», y presumo que lo hizo no debido a la fuerza de la costumbre, sino como una muestra de empatía.

De todas las cosas que me traje de Argentina, aparte de la calidez de Katya y de aquel paseo nocturno con la voz de Charly, esa frase de Dolores es la que más me ha hecho compañía en los últimos tiempos.

Y sabiendo hoy lo que poco después ocurriría, cada día me arrepiento de no habérselo hecho saber.

La gran casa de lo que fue el fundo San Ignacio, donde fuiste engendrada una noche que ya te relataré, es ahora un monasterio enclavado a pocos pasos de la selva. En otras palabras, esa propiedad al final del río Marañón, en las orillas de Nauta, pasó de la mano férrea de mi abuelo a la del dios inflexible de unas religiosas agustinas. Desde que soy adulto siempre me ha gustado poner en aprietos a sacerdotes y monjas, quizá como venganza por los once años que estudié en un delirante colegio religioso. Por eso, cuando por intermedio de un gestor cultural de Iquitos pude contactar a la superiora, no me aguanté preguntarle si había oído de las proezas amorosas de tu padre en aquel sitio. La madre Ángeles sonrió de buen humor y con ese gesto terminó de conquistarme.

—Algo escuché... —asintió—, pero en esa época todos los hombres eran ligeros de cascos.

—¿Por esa época nada más?

La monja prolongó su sonrisa y luego tuvo la gentileza de autorizarme a pasear por la propiedad con libertad absoluta.

El cielo no auguraba lluvias. Desde el balcón que elegí como atalaya pude ver que la selva recién empezaba a apretujarse a un centenar de metros de la casona. Era una mañana que recuerdo ahumada: de algún lado llegaba un olor a madera quemándose. Al otro lado del río, en mitad del horizonte frondoso, se alzaba solitaria y por encima de los demás árboles una lupuna, ese árbol que tanto temor les da a los nativos, y me pregunté si sería tan vieja como para que mi abuelo la hubiera visto tal como yo la veía ahora.

Agradecí, sin embargo, que él no pudiera ver ahora a través de mis ojos.

De su trapiche para hacer chancaca y aguardiente no quedaban ni los cimientos. De la piladora de arroz que mi abuela rememoraba —ras, ras, imitando el sonido— nadie se acordaba. Igual suerte les tocó a las máquinas que convertían las yucas de la plantación en harina. Y la hidroeléctrica pionera que construyó embalsando agua monte arriba no era más que una leyenda. No sé si tu padre lloraría al ver que de su legado existe muy poco. Siempre crecí con la imagen de un hombre indómito, el hijo de un siglo que vio los primeros rascacielos y los primeros canales construidos entre mares, el producto abstracto de una era de colonialismo implacable, y fue gracias a esos privilegiados días en que tuve acceso a sus cartas, a sus fotos y a los lugares que amó en la selva, que hoy me lo puedo imaginar con una nitidez mayor a la que tú alguna vez tuviste. Es que tú, madre, has completado su retrato desde tu carencia: si el Otoniel Vela que aquí he reconstruido es literario, el tuyo es igual o más fabulado.

Acompáñame a este balcón y juntemos fantasías.

¿Sientes el calor de tu tierra?

Y eso que es temprano.

Por ahí se acerca tu padre: recién vuelve de su caminata diaria al amanecer.

Se acaba de quitar las botas embarradas y ha colocado el machete en la entrada pero, antes de ingresar a la casa, le dedica una mirada a la lupuna entre la neblina de la selva. ¿Será que su nueva idea va tomando forma? Si el palacio que le quitaron hace años fue un tributo a su vanidad, este proyecto que se trae entre manos será un homenaje a su tierra. Es como un niño que fantasea con la luna de Verne.

Un niño de casi setenta años.

Presumido como es, saca de su bolsillo un espejuelo y se acomoda las canas en su sitio. Tiene un invitado que ya debe haberse levantado y no quiere dejar al azar ninguna impresión.

Entonces escucha los ruidos del comedor: el fragor de las tazas sobre los platos, la voz de la criada haciendo una consulta, la antesala de los desayunos caseros. Mi abuelo camina hacia el ruido y, tras pasar el umbral, sonríe. Mi abuela Clotilde está de pie junto a la mesa de caoba, con ese rostro adolescente y ese vestido blanco que le fue comprado en París, a escondidas de la familia oficial.

Carga en brazos a Iván, tu hermano mayor.

—¿Cómo está el terrible? —farfulla el viejo, acariciándole la naricita con el dedo.

—Buenos días... —se oye de pronto, con timidez.

Quien ha entrado es un químico alemán que tu padre ha contratado para estudiar el suelo de sus tierras y confirmar si es posible fabricar explosivos en ellas. Luego de que la criada se lleva al niño, mi abuelo se sienta junto a mi abuela y, con un gesto, le sugiere al alemán que ocupe la silla del frente. El visitante accede respetuosamente. Todavía siente pudor al recordar su desembarco el día anterior: al bajar de la barcaza vio que un hombre rechoncho aseguraba el cabo de una lancha vecina. El alemán le alcanzó sus bártulos para descender con mayor seguridad y luego le dio una moneda. El viejo se la guardó contento.

—¿Sabe... encontrar... Otoniel Vela? —preguntó el recién llegado.

—*Freut mich, Sie kennen gelernt zu haben* —le respondió mi abuelo.

Ese mismo viejo le explicaba hoy lo que son esas humitas de choclo que ha preparado la madre de Clotilde. Le dice, también, que aquel café traído de la selva alta es insuperable y que algún día el mundo lo va a conocer gracias a él. El alemán lo escucha con atención suprema, tratando de no perderse ninguna de esas palabras en castellano. Sin embargo, las preguntas en su cabeza conspiran. ¿Por qué no le hablaba en alemán, si lo sabía tan bien? Esa chica tan dulce, ¿sería su hija? ¿Su nieta, tal vez? ¿Y si no lo era, cómo hizo para seducirla?

Mi joven abuela Clotilde los observa entre panes de yuca y huevos de corral. Escucha nombres que no entiende —Hindenburg, Hitler, Göring— y encuentra curioso eso del nitrato de potasio. No importa, más tarde le preguntará sobre esas cosas. Para ella, Otoniel Vela es el hombre más inteligente del mundo o, al menos, eso es lo que me hizo creer mi abuela cuando una noche me dijo, asombrada, que mi abuelo sabía cuánto pesaba la tierra. La ingenuidad de confundir conocimiento con inteligencia. Aunque, a decir verdad, no he encontrado pruebas para afirmar que mi abuelo haya carecido de ambas.

Otoniel. La lupuna admirada y temida de aquella selva.

Otoniel. La puerta a un mundo que se ignora.

¿La sacará algún día de ese lunar rodeado de selva? ¿Cumplirá él la promesa de llevarla a conocer el otro lado del planeta?

«Sí lo hará», se dice mi abuela. Después de convivir con él por cuatro años, ya tiene la certeza de que no existe hombre que sea tan fiel a su palabra. Su madre, doña Rosario, también se lo ha hecho saber. Por ahora, hasta que ese barco zarpe, solo le queda aprender de los diálogos que le escucha, de sus modales tan finos, de esos ojos amigables que se tornan felinos cuando se enoja. Porque Otoniel Vela jamás frunce el ceño: le basta una mirada para que otros tiemblen. Ya se lo había dicho Clotilde una vez, en broma:

—Mentecato. Con razón no te salen arrugas.

De pronto señalé a mi derecha.

—Yo viví de chiquito en esa casa. De hecho, de ahí vienen mis primeros recuerdos.

Me vi entonces —y me veo ahora— casi a ras de suelo, tal vez gateando, observando la luz de la mañana que resbala bajo una cortina. También me veo perseguir a un patito cojo que, por alguna razón, ha llegado al patio de esa casita. Y, mientras avanzábamos en aquel tráfico, solo me bastó un vistazo a la ventana izquierda del segundo piso para que el día se tornara madrugada: veo a mi padre y mi madre allá abajo, buscando un taxi porque mi hermanito viene en camino.

La pregunta de Hitler me apartó de la ensoñación.

—Esto todavía no es el Callao, ¿no?

—Así es —respondí—, el Callao empieza recién en un par de cuadras.

Cincuenta años atrás, la avenida Faucett debía haber sido bastante más tranquila, rumorosa a lo sumo, a pesar de ser la principal vía de acceso al aeropuerto. Hoy, en cambio, aquella casita de dos pisos que mi padre había alquilado con su sueldo como químico en una fábrica —antes de que se le ocurriera mudarnos a Trujillo con el sueño de la farmacia propia— tenía al lado una tienda de conveniencia abierta las 24 horas; una casa de cambio al otro lado y una licorería a treinta metros: la configuración mejor pensada para abastecer juergas nocturnas.

—Ahora que inaugurarán el nuevo aeropuerto, ya no será necesario venir por acá —comenté.

—No sabía, míster —se interesó Hitler.

Le conté que, para muchos, sobre todo para quienes viven en la zona sur de Lima, el acceso al nuevo Jorge Chávez iba a estar conectado con la bahía de Miraflores, un paisaje mucho más agradable que esta avenida aglomerada y llena de hollín, tan distinta a la de mi infancia. Ah, la avenida Elmer Faucett: la peor bienvenida posible que se le podía dar a un turista. ¿Cuántas historias de despedidas y bienvenidas se habrían acumulado superpuestas a lo largo de ese caos pavimentado?

A mis primeros recuerdos se le sumó, entonces, uno con ribetes históricos: me veo del otro lado de la avenida sobre los hombros de alguien, probablemente mi padre, mientras que un enorme auto descapotable se desliza proveniente del aeropuerto. El presidente de turno, el dictador Velasco, saluda a los curiosos acompañado de un señor que también parece importante. Durante muchos años crecí con la idea de que se trataba de De Gaulle, porque eso creía mi padre dentro de sus propias confusiones, pero hace no mucho una sencilla pesquisa en internet me cambió al héroe de la Resistencia por uno más próximo en el vecindario: Salvador Allende.

—¿Y cuál es su primer recuerdo? —me animé a preguntar hacia mi izquierda.

Hitler entornó los ojos.

—Un piso de tierra y una gallina corriendo sin cabeza.

—El mío es un pato —sonreí—, pero sí tenía cabeza.

—Más carne pa la olla —bromeó.

—Al menos son recuerdos verídicos —reflexioné—. Hoy los chicos crecen con fotos y videos que les toman a cada rato, y ya no saben si lo que recuerdan es lo que vieron de verdad o lo que alguien fotografió.

—Uy, sí, míster —asintió Hitler, mientras le decía que no a un limpiaparabrisas ante un semáforo—. Yo creo que mi primera foto recién me la tomaron para la matrícula del colegio.

Luego, fijándose en el nombre de la avenida que estábamos por cruzar, exclamó:

—¡El amigo de su abuelo! —señaló el letrero.

—El primo de su esposa —sonreí.

Mi sonrisa ya llevaba el anticipo de una nostalgia. Hacía varias semanas que había dejado las muletas y era más que evidente que ya no necesitaba los servicios de Hitler. No solo era que mi pie ya se encontraba bastante recuperado, sino que cada vez eran más espaciados los usos que le daba a mi auto. Por ejemplo, en los dos meses que habían transcurrido desde mi regreso de Argentina, me había entregado a un encierro para escribir frenéticamente contra el reloj, una rutina solo interrumpida para ir a visitar a mi madre. Era consciente de que estaba estafando a mi editorial y, peor aún, era consciente de que ellos también lo sabían. No faltaba mucho para el día en que tendría que prescindir de los servicios de Hitler, y solo me consolaba el hecho de que él también lo sabía.

—Vamos a llegar a tiempo —indicó de pronto.

Consulté el reloj en la consola y, de paso, comprobé el nombre de la canción que estaba sonando. Era una de Talking Heads.

¿Cuál convendría poner cuando el avión hubiera aterrizado?

Transcurrió esa canción y luego le siguió otra de la misma época, cortesía de cuánto me conocía la aplicación. A las finales, el viejo aeropuerto Jorge Chávez nos recibió con el tráfico algo más fluido de las medias mañanas, esa hora en que las bocinas y los escapes carbonizados recargan energías para más tarde.

—Déjeme nomás en Llegadas Internacionales —le dije, mientras me estiraba a recoger las astromelias del asiento trasero.

—Me busca frente a la puerta cuatro —se despidió él.

Me convertí así en el único individuo que portaba flores en todo el aeropuerto, pero no me importó. En una ciudad machista y conservadora como Lima, un hombre que camina con flores es una anomalía que llama la atención, pero, al margen de que hacía un tiempo había empezado a zurrarme en las impresiones ajenas, me confortó la idea de que todo aeropuerto fuera una zona franca para permitirse demostraciones de amor.

Luego de un tiempo indeterminado, entre los rostros cansados, anhelantes y desorientados que iban emergiendo por la puerta, por fin apareció ella: tan pequeñita era, que a su lado la maleta parecía un refrigerador. Me buscaba con la antesala de una sonrisa y con los cachetes un poquito más gordos.

El pecho se me hizo bombarda.

Y me acerqué con las manos tras la espalda.

Antes del abrazo, desplegué el ramo como lo habría hecho un torpe ilusionista, y no sé si mi sonrisa fue tan grande como la suya.

—Bienvenida a su humilde reino.

—Qué rico solcito —se entusiasmó.

—Lo tenía planeado —respondí, a lo que ella contestó, ahora sí, con el arrebato de sus brazos. Mi nariz tuvo un inesperado reencuentro con su perfume de té verde y todos nuestros abrazos anteriores se convirtieron en ese nuevo.

Mientras caminábamos el trecho que nos separaba del estacionamiento, yo no dejaba de mirarla para tratar de encontrarle algún cambio adicional. Salvo la palidez del otoño alemán y unos botines que no le conocía, nada más llamó mi atención. Sí recuerdo que me pregunté cómo estaría procesando su cerebro aquel reingreso a un territorio tan distinto del que venía: si el rumor del desorden y los ruidos sin camuflaje la cobijarían como el decorado que nos hace sentir en casa, si el leve olor a harina de pescado que llegaba del puerto tendría en ella algún matiz dulce, si el ruido de las ruedas de su maleta contra las grietas del asfalto no le producirían cierto arrullo doméstico.

Si a mi novia le quedaba cierta alegría comprimida, esta terminó de salir apenas vio a la gruesa figura junto a mi carro.

—¡Heil, Hitler! —exclamó.

—Señora Karen… —le respondió él, entre turbado y divertido.

Ella bromeó, imitando a sus viejas tías solteronas.

—Se-ño-ri-ta.

Una vez en el carro, dejé escapar por los parlantes la primera canción que cantáramos juntos, borrachos, una madrugada diez años atrás.

—¡Mor…! —exclamó—. ¡Toda una producción!

Asentí.

—Qué maldades habrás hecho.

Volví a asentir.

—Esta canción la puso en nuestra novela, ¿verdad, míster?

—¡Sí! —palmoteó Karen, y se puso a cantar: «Y mi Dulcinea, dónde estarás...».

Con Hitler al volante y con Karen atrás, era imposible que los tres no recordáramos aquella aventura nocturna que habíamos compartido y que luego hice pasar por ficción. De mi pecho explotó confeti y sentí que los mil papelitos coloridos llegaban a cada rincón de mi organismo. No se debía solamente a que Hitler hubiera asumido también como suya la novela en que aparecía como personaje; tampoco era solo que el cronograma de los últimos días se estaba cumpliendo para las celebraciones de ese día, sino que, por sobre todas las cosas, la presencia de Karen era una ventanilla que a todos nos renovaba el aire.

—¿Y la cumpleañera? —inquirió ella.

—Ya debe estar en el lugar de los hechos.

—¿Y Cordelia?

—Aterrizó anoche.

Por el espejo noté que Karen volvía a palmotear, en tanto su mirada se reencontraba con las enormes vallas de la avenida Faucett. Toda publicidad es un reflejo de la sociedad que la produce, y esos rostros postizamente felices describían en conjunto aquello en lo que nos habíamos ido convirtiendo en los últimos años, una comarca de universidades privadas, apuestas deportivas, promociones de comida rápida y autos chinos alimentados con energía fósil.

Por fortuna, el mar nos recibió inalterado.

No fue necesario que Karen nos dijera cuánto lo había extrañado. Una vez que descendimos por la avenida Santa Rosa al circuito de playas, abrió un palmo la ventanilla para que la inmensa brisa se atorara en su naricita y su pelo se desordenara en arabescos castaños. Su reencuentro con el mar duró los diez kilómetros que nos tomó desplazarnos junto a la orilla, hasta volver a ascender a los acantilados a la altura de Miraflores. Una vez de nuevo arriba, en aquella meseta con balcón que sostenía a nuestra ciudad, los parques del malecón miraflorino le ofrecieron a mi novia una bienvenida secreta: los molles costeños desplegaron sus pimientas, los miosporos dejaron de debatir si eran arbustos o arbolillos y las espaciadas araucarias se inclinaron majestuosas; y hasta me pareció que, en un apartado de asclepias, las mariposas monarca dejaron de lado sus refrigerios para mostrarle sus alas.

Cuando ya nos aproximábamos a mi edificio, tan cercano a aquel bonito entramado de savias, Karen volvió a cerrar la ventanilla y, coqueta como era, procedió a pasarse un cepillo por el pelo. Ignoro con qué poder oculto revisó también el color de sus labios mientras descendíamos hacia la penumbra de mi cochera.

Mientras bajaba el equipaje de la maletera, Hitler se aseguró de que estábamos bien coordinados.

—En unas cuatro horas, ¿verdad, míster?

—Así es —bromeé, fingiendo solemnidad—. Por ahora queda usted liberado.

Luego de dedicarme una venia igual de teatral, Hitler se alejó hacia las escaleras, rumbo al fragor de nuestra ciudad intensa. A punto estuve de pedirle que se quedara, pero la voz de Karen interrumpió mi intención.

—¿Y ese ramo?

—Este sí no es tuyo —sonreí, antes de coger las gardenias y cerrar la maletera.

Al rato, la luz blanca de la cochera se fundió con la del ascensor.

—Esta luz es horrible —renegó Karen una vez adentro.

Mientras ascendíamos, el espejo nos devolvía la constancia de nuestra reunificación: dos rostros cansados, pero satisfechos, con cientos de contraseñas en la mente listas para ser utilizadas de nuevo. O eso es lo que quise creer.

—Estamos guapos —la contradije.

—Como mortadelas en una vitrina.

Nuestras risas coincidieron con la apertura de las puertas: fuimos recibidos por la luz natural de la sala y, también, por la algarabía de mi madre y de Ronald, que ya nos esperaban en el sofá.

—¡Suegriiiita!

—¡Karencita!

—¡Yajúaaaa! —aulló mi hermano.

El jolgorio llamó a otras voces: de la cocina salió Bárbara dando saltitos, el pelo castaño refulgente; y por las escaleras bajó su hermana con el oxímoron de su entusiasmada displicencia.

—¡Corderita! —la abrazó Karen.

—¡Meeeee! —respondió mi hija menor.

—A ella sí la abrazas, ¿no? —bromeó mi segunda hija.

—Oyeee, sí te he abrazado... —se defendió mi novia.

—No importa —Bárbara señaló la maleta de Karen—, me desquitaré con lo que has traído.

—Ve esta bandida —rio mi madre, mientras iniciaba el trámite de levantarse.

—¡Ese vestido lo conozco! —se acercó Karen a darle un abrazo, feliz de comprobar que tenía buen ojo para los obsequios.

En ese instante confirmé cuánto se había consumido mi madre en los últimos tiempos, pues Karen ya la sobrepasaba por casi dos cabezas. La osteoporosis había actuado en su columna de la misma forma que la calculada demolición de un edificio, piso por piso, vértebra por vértebra: el mes anterior se había fracturado una de ellas, abreviándose aun más su cuerpo mientras las ganas de morir se extendían. Era una suerte que la crisis hubiera terminado antes de ese día previsto para el júbilo.

—Para ti, mamita —le entregué las flores.

—Ayyyy...

—Las voy a poner en agua —extendió Karen la mano.

—¿A qué hora llega Aurita? —preguntó mi madre.

—Ahurita —bromeó mi hermano.

—¿Un vinito? —se asomó Karen desde la cocina.

—Voy a traer la música —anuncié.

A mi dormitorio llegaban las voces y risotadas del reencuentro de mis seres más queridos, el caos más hermoso que pueda percibir oído humano. Eres un puto afortunado, me dije mientras cogía el parlante de mi mesa de noche: un cabrón cuyo único problema por delante era dilucidar qué música poner durante los próximos minutos. Antes de abrir la aplicación, me topé con un mensaje de Aura: «Saliendo!!», decía.

—¿Qué música quieres, mamita? —pregunté de vuelta en la sala.

Luego de dudarlo, de decir que lo que quisiéramos, y de verse obligada a elegir por presión de sus nietas, mi madre se puso de acuerdo consigo misma.

—Mantovani.

—Uy, mamacita —buscó picarla Ronald—, queremos música de la era cristiana.

—Cara de cristiana tienes.

Mi hermano formó unos cuernos satánicos con la mano y se embuchó un trago de cerveza. Mi madre, por lo visto, cayó en la trampa que su hijo menor solía ponerle para mantener su mente en guardia: cuando la orquesta de Mantovani empezaba a interpretar una de sus composiciones ligeras, se obligó a sí misma a explicarnos la razón de su elección.

—Me recuerda a la época en que postulé a una aerolínea...

—...para ser la aeromoza de Charles Lindbergh —completó Ronald.

Y así, entre risas, escuchamos por enésima vez la historia de mi madre, jovencita, volviendo furiosa a la casita de su madre y de su padrastro el militar: la aerolínea la había descartado debido a su corta estatura y mi abuela Clotilde le respondió que de eso tenía la culpa su padre.

—Ha sido la única vez que renegué contra mi papá —sonrió, no sin pena—. Bajito era.

Mi hermano buscó animarla.

—Igual te habrían botado luego, mamita.

—¿Por qué?

—Porque tu culazo no habría entrado en el pasillo.

—Veste carajo...

Las carcajadas acompañaron las imágenes que a todos se nos formaron: fotos de aquella época de mi madre, bajita pero curvilínea, ancha de piernas y también de sonrisa.

En ese momento sonó el timbre.

—Hablando de culonas —corrió Bárbara a responder.

—Que me preste un poquito —bromeó Karen, colocándose de perfil.

—¿Quién es? —se interesó mi madre.

—Tu nieta mayor, pues —respondió Cordelia, acariciándole el pelito ralo.

Aura llegó cargando la torta, y Sebas, su esposo, traía la dotación de pisco y *ginger ale* para preparar chilcanos. Los ojitos opacos de mi madre se iluminaron. Pese a que amaba a sus tres nietas como habría amado por igual a las hijas que nunca le fueron concedidas, fue con mi primogénita que descubrió la dicha de ser una abuela cercana y de consentir a un pequeño ser humano sin las presiones de luchar por su subsistencia.

Aura la abrazó, cuidando de no apretarla demasiado.

—¡Feliz cumpleaños, abuchi!

—¡Mi niña!

Con la alegría a tope, mi madre fabricó un puchero y aniñó su voz.

—Mash vinito… —exigió, señal de que la estaba pasando maravillosamente.

Al poco rato, mis hijas capturaron mi celular para desterrar a Mantovani.

—Vamos a poner el reguetón que te gusta —le informó Cordelia a su abuela.

—No pongas el del delincuente —advertí, con el pisco ya alegrándome la sangre.

En la sala irrumpió la energizada cuenta regresiva de *Gasolina,* la canción que mis hijas le hacían escuchar a su abuela cuando eran niñitas. A pesar de que por aquellos años se acercaba a su séptima década, mi madre había bailado para hacerlas reír y hasta se arriesgaba a agacharse.

—¿De qué delincuente hablan? —se interesó mi mamá.

Aura rio con picardía.

—Uy, abuchi, esa canción no te la recomiendo.

—¡Sí, sí! —palmoteó Bárbara.

—Una estrofita —la secundó Cordelia.

Un par de segundos después, la voz tramposamente infantil de Tokischa se expandió entre nuestra alegría:

Tengo un delincuente en mi habitación
A vece me lo mete al pelo y a vece con condón

—¡Pa la mela! —se carcajeó Ronald.

—Es una brava —secundó Karen.

Mi madre se quedó pasmada, en tanto mi curiosidad se sumaba a la del resto. ¿Qué estaría pasando por la mente de esa mujer que se había casado virgen con su primer marido y que tampoco había conocido variaciones del misionero con el segundo?

—Ay, estas niñas... —sonrió de golpe.

Luego se zampó un trago de vino.

—Y esa es la más suave... —le advirtió Bárbara.

—A su lado, Daddy Yankee es Armando Manzanero.

Y como para secundar mi opinión, mi hermano se puso a declamar una estrofa que había buscado en su teléfono:

Ella tiene sus tetota
Cuando se pone en cuatro su culo rebota
Y si me lo mama a mí me sube más la nota
Mamame este bicho y sácamela gota a gota

—¡Ay, Roni! —protestó mi madre entre nuestras carcajadas.

Mi hermano abrió los ojos, redondos como los platos que Aura empezaba a repartir.

—No culpes al mensajero, mamacita, ¡brrrrrrr!

Un poco para cambiar de tema, mi madre se dirigió a Karen.

—¿Y qué es de tu hijito?

Mi novia fue consciente de que mi madre había olvidado el nombre de su hijo, pero se lo recordó de manera sutil: le respondió que Ignacio estaba en Canadá postulando a una beca, y que desde allí le mandaba un abrazo muy grande. De ahí a recordar a Verónica, la madre de mis hijas, que vivía en Estados Unidos, hubo un paso: mi mamá nos contó que había recibido su llamada bien temprano y que le había hecho feliz conversar con ella.

Karen aprovechó para levantar su copa.

—¡Salud por los ausentes!

—Y por Scarlett Johansson —añadió mi hermano—, ¡a quien tengo muy presente!

Un rato después aparecieron los novios de Bárbara y Cordelia, tímidos ante el desmadre que encontraron, pero más sonrientes conforme el alcohol se fue mezclando con la comida: asumieron con elegancia mi amable indiferencia, fueron estoicos ante las bromas de mi hermano y llegaron a hablar seriamente de música con él, y a su manera se mostraron penitentes cuando mi madre, con las amarras cercenadas por el vino, les advirtió que si se portaban mal con sus nietas su fantasma les jalaría las patas por las noches.

—Creo que es hora —le susurré en ese momento a Karen.

Mi novia miró de reojo a mi madre y entendió que tras la cúspide de la alegría no tardaría en llegar el declive. Asintió y se acercó a Aura. Unos minutos después de su cuchicheo, la música se detuvo y el pequeño gentío que conformábamos se abrió en dos, conforme la nieta mayor avanzaba. La llamarada se reflejaba en su rostro cuando empezó a cantar el *Happy Birthday*.

Todos la secundamos. Recuerdo que, en el cambio de estrofa, en ese paran-paran-pampán que los peruanos concertamos para dejar de cantar en inglés y hacerlo más festivamente en español, uno de mis yernos le preguntó entre susurros a Bárbara si de verdad ahí ardían noventa velas, a lo que yo respondí en mi mente que con mi madre sumaban noventa y una.

El viejo Otoniel Vela habría estado de acuerdo.

Apenas terminamos de cantar, mi mamá procedió a inflar sus secos carrillos. Las cámaras, incluida la mía, captaron el momento. Mientras escribo este párrafo me acompaña desde una pantalla su rostro teñido por el resplandor naranja, la expectativa que la rodea, mi hermano pidiendo a gritos un extinguidor, mi voz recordándole a mi madre que pida un deseo, su primer soplo contra esos ardientes soldaditos de cera, el «¡bravoooo!» que ha lanzado Karen, la voz de Cordelia diciéndole «nosotras te ayudamos, abuchi», el segundo soplo de mi madre ante ese regimiento que se resiste, y, ahora, sí, los rostros de mis hijas que se cuelan en su ayuda, esas cuatro bocas que tantas cosas han confabulado entre ellas y que ahora se han aliado contra un adversario festivo.

Entre bravos y aplausos, la humareda y el olor de la parafina nos obliga a abrir el ventanal de mi sala. El rugido del mar nos recuerda que siempre habrá algo más viejo que nosotros, pero las risas me enseñan que solo la alegría puede detener el paso del tiempo.

Antes de que la torta fuera parcelada, corrí de nuevo a mi dormitorio y tomé mi computadora. Por el teléfono ya todo había sido coordinado en tiempo real. Cuando retorné a la sala, intenté imitar a un maestro de ceremonias.

—Y ahora… ¡la yapa!

Coloqué, entonces, la pantalla sobre la mesa.

Al principio nadie entendió.

Contemplamos durante un segundo, o quizá dos, unos muebles y una cortina que escapaban de la penumbra gracias a unas lámparas. Hasta que asomó el rostro de mi hermano mayor. Su pelo teñido de rubio. La típica camisa negra. La mirada tristona de siempre, aunque esta vez con combustible alegre: la síntesis de su bipolaridad. Tras él asomaba su novia, agitando su mano.

—¡Danielito…! —gritó nuestra madre.

Mi hermano respondió con un carraspeo, ese saltito en el trampolín que da todo clavadista, y se lanzó a cantar *Chiquitita* a capela. Me estremecí. Sabía que mi hermano Daniel iba a regalarle el destilado de lo que mejor sabía hacer en la vida, una canción a la distancia, pero yo no estaba preparado para escuchar aquella melcochosa de ABBA. Y no lo estaba, precisamente, porque yo ya la había utilizado en una escena similar en una novela anterior. En ella, un personaje muy parecido a mi hermano mayor se la canta a su madre en una pollería, por su cumpleaños; y esa señora, tan parecida a mi madre, se emociona porque la canción le recuerda tiempos lejanos, cuando el díscolo adolescente que era su hijo la ensayaba en su dormitorio antes de que empezara a arruinarse la vida entre relaciones explosivas y arrebatos que nadie entendía. ¿Habría leído mi hermano aquella novela? ¿Había sido mi antena capaz de captar esas señales entre mi madre y su hijo mayor?

Cuando mi hermano terminó, sus ojos lucían inundados. Los de mi madre brillaban igual. Y mis hijas, que salieron igual de sentimentales, se sumaban a los aplausos aspirándose los mocos, una demostración más de que las risas y las lágrimas se corretean mutuamente tratando de morderse las colas.

—¿Qué hora es allá? —se preocupó mi madre.

—Es de madrugada, mamita —le informó Daniel.

En efecto, eran quince las horas que nos llevaba Sydney, el lugar donde, de manera insólita, mi hermano había empezado a vivir el último tramo de su vida.

La razón estaba en esa señora vital que lo acompañaba en la pantalla: una peruana radicada desde hacía décadas en Australia que lo había visto cantar en una de sus visitas veraniegas a Lima. El escenario: un barcito en un balneario, con música en vivo de los setenta y los ochenta. Cuando mi hermano cantaba *covers*, convertía el micrófono en una extensión brutal de su virilidad; así lo había hecho a los diecisiete y así lo seguía haciendo bien pasados los sesenta. Por fortuna para ambos, esta vez el sexo fue el aperitivo para que dos combatientes de vidas muy distintas rompieran con décadas de entablar relaciones fallidas y se embarcaran en una travesía más benigna.

Una vez que mi hermano y mi nueva cuñada se despidieron, noté que mi madre lanzaba un hondo suspiro. La luz de la tarde ingresaba dorada por el ventanal. Entonces, tomé mi celular y le pregunté a Hitler si podría venir en una hora, o menos.

Como ocurría siempre, su respuesta fue afirmativa.

Karen advirtió en voz alta que se había acabado el hielo de la refrigeradora y yo pregunté si alguien se animaba a ser voluntario para salir a comprarlo. Cordelia se ofreció, y alguien le pidió que también trajera *ginger ale*.

Una vez que mi hija se perdió tras el ascensor, quienes nos quedamos pudimos confirmar que el alma festiva de mi madre ya había dejado la reunión.

—Cuando era niñita —su voz sonó más quebradiza—, mi abuelita me mandaba a comprar a la tienda...

Nos arrejuntamos para escucharla mejor. En mi condición de hijo que había escuchado esa anécdota decenas de veces, su relato llegó con una capa adicional a la versión anterior: esta vez imaginé su vestido amarillo, como la flor del tahuari amazónico que crecía fuera de su casa. El sol brillaba en lo más alto y el calor era un celador del que no había escape posible. La abuela de mi madre, entonces, lanza un escupitajo en el patio: «Ay de ti si no vuelves antes de que mi saliva se seque». Allá van las piernas ligeras de mi madre con sus medias remendadas, pero, eso sí, al menos con los zapatos nuevos que ha podido sacarle a su hermano Emiliano. Al llegar a la tienda, la niña se sofoca más aún: es imposible que la atiendan pronto con todos esos adultos que esperan su turno.

Mientras nos lo cuenta, mi madre parece revivir ese pequeño tormento doméstico. Endurece el gesto y abrillanta sus ojitos. Pero, de pronto, es como si no quisiera dejar mal parada a mi bisabuela.

—Mi abuelita me enseñó todo lo que sé.

Pegadita a mi madre, ahora es Bárbara la que se pone a acariciar su pelito ralo, quién sabe si sopesando las cosas que ella misma ha aprendido de su abuela.

—Ella murió como un pajarito —continuó mi madre—. Las dos dormíamos juntas. Yo le había quitado la chata de orines y me había sentado junto a ella en el respaldo de la cama. De pronto, sentí su cabecita sobre mi hombro: ay, se había muerto.

Yo traté de frenar aquel coche lúgubre.

—Es una buena muerte —comenté.

Mi madre asintió. Todos asentimos.

—En cambio, mi mamá murió sola... —y se echó a llorar.

Bárbara continuó acariciándole los pelitos, mientras el resto —incluyéndome— ensayaba su cara más comprensiva. Solo Ronald me miró, entre apenado y socarrón, acostumbrado de sobra a esos cambios de humor.

Por fortuna, nuestra madre decidió no hacer más dramático el momento y se abstuvo de compartir lo que mi hermano y yo sabíamos de sobra; él por haberse encontrado con la escena trágica, y yo por haberla escuchado decenas de veces, porque así como las religiones basan su subsistencia en la repetición de sus rituales, las personas basan su identidad en la repetición de sus recuerdos.

Hacía no mucho que mi familia se había mudado desde Trujillo a aquella casa alquilada en Miraflores. Mi hermanito tenía unos once años y mi madre lo había enviado a comprar los ingredientes para el almuerzo. Cuando mi abuela empezó a quejarse de los dolores en el pecho, mi madre optó por buscar ayuda en el cercano hospital de la Fuerza Aérea. Nada ayudaba que, en esa época de crisis infernal, aquella casa no contara todavía con teléfono. Según mi madre, mi abuelita le rogaba que no la dejara sola y el terror en su rostro era más elocuente que sus palabras. Pobre mi madre: entre hacerle caso a su mamá y salir por ayuda en la calle, eligió lo segundo. Un par de horas después, los vecinos ya reconstruían en el barrio el circuito desesperante que mi madre recorrió mientras la vida de mi abuela se consumía como un escupitajo en el suelo: le negaron la entrada en el vecino hospital castrense porque los médicos solo atendían puertas adentro, se encontró con un teléfono público que había quedado inservible por unos vándalos, tocó sin éxito la puerta de un cardiólogo al que un vecino le sugirió acudir y, al final, mi hermano relata que mientras le entregaban los abarrotes en una tienda, los gritos de una señora que corría descalza desconcertaron a los compradores. «¡Mi mamita!», escuchó gritar a nuestra madre, y dejó las bolsas en el mostrador para salir disparado a la casa.

Mi hermano la encontró con la boca espumosa y un gesto esculpido de dolor.

Mi abuela Clotilde había muerto a los setenta y seis años.

A cincuenta años exactos de la muerte de aquel señor adinerado que le había llevado cincuenta años de diferencia. Tras haber enterrado a tres hijos y haber sido viuda tres veces. Veinticinco años después de haber sido la única sobreviviente de un accidente en la carretera que la dejó coja y tronchada. Y luego de haber velado durante diecisiete años que el esposo de su única hija no estallara contra ella cuando llegaba borracho.

En ese instante timbró mi teléfono.

—Ya está listo el carro, mamita —anuncié.

Karen vio entonces la oportunidad de reencauzar la reunión.

—¡Otro brindis por la cumpleañera!

—¡Yajúaaaa! —la secundó mi hermano.

La música se puso reguetonera y los más jóvenes volvieron a llenar sus copas. El lento desplazamiento de mi madre hacia el ascensor fue un festival de abrazos y buenos augurios; yo tomándole del brazo que no apoyaba en el bastón, y mi hermano cargando una canastita con sus regalos.

—¿Te has divertido, mamita? —le pregunté en el ascensor.

—Mucho.

Su sonrisa fue diáfana y contagió a la mía.

Al menos, eso fue lo que noté en el espejo bombardeado de luz blanca.

Al abrirse las puertas en el sótano, Hitler nos recibió con esquirlas de esa misma luz.

—Le presento a mi mamá y a mi hermano —le dije.

—Hitler Muñante, a su servicio.

Hitler hizo una reverencia que le cayó simpática a mi madre y, al notar el alegre estado de mi hermano, me hizo un guiño.

—Ha estado buena la fiesta.

—¡Y no va a cherrrr! —le respondió Ronald.

Antes de que mi madre subiera al auto, la detuve.

—Todavía te debo tu regalo.

La conocía bien: algo iba a decir sobre que no necesitaba nada más, que la reunión había estado bonita, que ya suficiente le había dado, pero la detuve con un gesto.

De la canastilla que llevaba mi hermano cogí un paquete envuelto en papel plateado.

—Toma.

Sus ojitos rejuvenecieron.

—¿Qué es?

—Algo que te debía.

Cada vez que me preguntan si al escribir una novela le tengo miedo a la hoja en blanco, respondo que en realidad le tengo miedo al compromiso.

Quizá porque desde mi primera novela me sigue persiguiendo una inseguridad que me obliga a buscar controlarlo todo, nunca me pongo al teclado sin antes haber planificado con un lapicero todos los capítulos del proyecto: en mi cuerpo convive un ingeniero que le exige el plano a un arquitecto. A veces me gustaría mentir y decir que soy uno de esos escritores que encuentran el cauce de su novela mientras la navegan; esos cazadores que huelen la tierra y aspiran el aire en busca de la pieza mayor, conscientes de que el proceso en sí es el animal que están cazando. Todo ello me parece más romántico y aventurero que el tipo de cacería que, quizá cobardemente, yo perpetro: diseñar una trampa para capturar en ella las sensaciones que deben despertar las palabras.

Mi excusa, como ya lo adelanté, tiene que ver con lidiar con la ansiedad.

Una vez que ya he diseñado el esqueleto y resta enfrentarse a la tarea de recubrirlo con los tendones, las arterias, los nervios, los músculos y el aliento que evocan las palabras, no debo ya preocuparme sobre qué voy a escribir y solo queda concentrarme en cómo escribirlo: con el plano bosquejado a lapicero, nunca me visita el miedo a que no se me ocurra la trama, pues el arquitecto ya se encargó del qué y al ingeniero le corresponderá el cómo.

No obstante, una ansiedad de otro tipo me ronda en los días previos al contacto con el teclado. Doy vueltas, me pongo excusas. Es el horror al vacío de la primera página, y no porque no haya qué contar, sino por miedo al compromiso: escribir una novela es aceptar una relación de fidelidad absoluta, con la bandera de la conciliación en lo alto del mástil, y sin saber si se llegará a buen puerto. Es una apuesta tan terrorífica como estimulante. Lo curioso es que, como ocurre al terminar toda relación, uno siente la falta de aquello que antes llenaba nuestros días.

Terminar la novela que le regalé a mi madre no fue la excepción.

Anduve desorientado durante algún tiempo, tratando de combatir el desasosiego con lecturas aplazadas y con series de televisión. Recuerdo que a veces me topé con frases que pude haber desmembrado y desarrollado con mis propias palabras de haber estado escribiendo el manuscrito, pero decidí dejar de apuntarlas por la misma razón que nunca le cambio una palabra a un libro mío cuando me anuncian que lo van a reeditar: el debido respeto al obsesivo que fui mientras lo escribía.

También recuerdo que por esos días me dio por volver a ver compulsivamente, una tras otra, las cinco temporadas de *Six Feet Under* a casi veinte años de su estreno. El pretexto que me puse fue reencontrarme, al final de la serie, con el capítulo que más me ha emocionado de cuantos he visto en una pantalla: esa carretera donde la joven Claire conduce para encontrarse con su destino, intercalada con las escenas futuras de las muertes de quienes ha amado y amará en su vida. Lloré más que la primera vez, décadas atrás, y la razón es obvia: por entonces el envejecimiento y la muerte habían sido puntos abstractos en el mapa, y hoy eran montañas que ya podían verse desde el parabrisas.

Mientras secaba mis lágrimas prometiéndome que jamás confesaría algo tan cursi, me consolé con la idea de que, si esas preocupaciones se habían filtrado de buena forma en mi manuscrito, el resultado tal vez podía ser rescatable.

Quizá era hora de enviárselo a mi agente. O tal vez a mi editor. Colocar en la faja transportadora del mundo editorial mi aporte voluntario, tal vez ingenuo, con la esperanza de un retorno que equiparara las emociones invertidas; aunque del retorno que más me interesaba no tenía noticias. Cuando llamaba a mi madre por teléfono, rodeaba el tema como quien bordea un pantano; y las veces que acudí a visitarla me abstuve de entrar a su dormitorio para no decepcionarme con la imagen de su mesa de noche sin el manuscrito encima.

Así me sentía, hasta que intuí la cercanía de una certeza.

Mejor dicho, las volutas de una posibilidad.

Al empezar el verano en que tuve seis años, alguien le había dicho a mi madre que en la piscina pública de Trujillo daban clases de natación. En mi memoria, el olor a laca de su pelo se funde con el cloro del agua. Recuerdo mi temor a perder piso, el respeto al profesor, la alegre despreocupación de los demás niños, pero lo que más recuerdo es mi cuerpo sobre una tabla de tecnopor y la indicación de cubrir el ancho de la piscina con la cabeza hundida y los pies pataleando. Me veo concentrado, con los ojos apretados, enfocado en mantener el cuerpo recto y en mover las piernas al compás de un metrónomo enloquecido: imagino que voy dejando atrás, muy atrás, a mis compañeritos, en tanto mi madre me observa emocionada desde la tribuna.

Pero cuando llego al borde y saco la cabeza, ella no está.

No sé a dónde se ha ido.

No sé si volverá.

¿Y si el mundo en el que he tratado de no ahogarme desde entonces no ha sido más que la mera extensión de esa piscina? ¿Y si la mayor parte de lo que hecho en esta vida ha sido para que mi madre y las mujeres que la han simbolizado se fijaran en mí?

«Eres como tu abuelo», me decía mamá, incluso sin haber conocido a su padre y sin conocerme a mí tampoco. ¿No era aquel un deseo suyo, a la vez que una senda que me invocaba a seguir? Confieso que me alegraba esa confianza que depositaba en mí y que parecía haber perdido con mis hermanos, pero también me dolían ciertas crueldades que se permitía.

Siendo un niño, mientras conversábamos sobre no sé qué veleidades en la cocina, mi madre me soltó con desparpajo, como quien dice algo tan obvio como que la carne está cada vez más cara, que de sus hijos yo era el feo. La loseta en que estaba parado se hundió de golpe. Cómo no lo iba a ser, me dije, con el alma entristecida, si mi hermano mayor era el guapo que no dejaba de conquistar chicas en el barrio y de hacerlas chillar en sus primeros conciertos juveniles, y mi hermano menor era un pícaro ángel de rizos castaños que a todos les sacaba risas, en tanto yo era el tímido, el de los gestos apocados y, para más inri, el único moreno entre los tres.

Quizá las tarjetas de saludo que de niños les hacemos a nuestras madres van cambiando a lo largo de la vida los crayones primigenios y esa goma sintética por componentes cada vez más sofisticados. ¿Era mi novela un instrumento más de persuasión para emparejarme con mis hermanos o sacarles ventaja? ¿Era el manuscrito que le había regalado la tabla de tecnopor que me sostenía para patalear más rápido que ellos?

Agobiado por esas dudas, durante esos días también me dio por echarle ojeadas ocasionales a lo que había escrito. Eran lecturas fugaces, cuchilladas rápidas para calar la sandía. Algunos fragmentos me parecían dulces y jugosos, pero otros me decepcionaban, como este que me tenía concentrado cuando sonó la llamada aciaga:

En uno de nuestros almuerzos, mientras me llevaba a la boca uno de esos ninajuanes que tan rico solías preparar y que Ronald aprendió luego a cocinar tan bien, me contaste que tu hermano Iván, al contrario que tú, había crecido con cierto resentimiento hacia su padre.

No creo que haya vivido con el rencor a flor de piel, pero sí puedo imaginar su amargura intermitente.

A pesar de que la diabetes se llevó temprano a mi tío, tengo recuerdos muy vívidos de cuando viajábamos de Trujillo a Lima a pasar unos días con su familia. La unidad vecinal donde vivía, la tristemente célebre Matute, todavía no era el peligroso nido de fumones en el que luego se convirtió. Faltaban todavía unos años para que los niños malcriados de entonces les sacaran el filo a sus frustraciones y a sus chavetas. Al menos, no recuerdo caminar contigo entre esos edificios y haber sentido tu mano apretando la mía durante esas noches. Luego de subir por la escalera hasta el tercer piso de aquel bloque, entrar en aquel departamento era oler la sazón de la tía Clelia, contagiarse con las risas de mis primas Cecilia y Scarlett y, sobre todo, llenarse de Thelonious Monk, de Charlie Parker, de Stan Getz y Tom Jobim, mientras mi tío ejercía sus labores de pintor autodidacta en el cuarto del fondo.

Mientras te escribo esto, el ninajuane se ha esfumado.

Su lugar ahora lo ocupa el olor a cigarro atrapado en ese cuartito, junto al de la trementina y la linaza. Lo veo pintar al óleo —aunque copiar sería un término más adecuado— un enorme retrato de Napoleón de un catálogo de David que algún nuevo rico le ha encargado y mis ojos no pueden creer que del contacto de esas cerdas emplastadas con el lienzo pueda nacer una expresión tan real y tan augusta. Yo, que siempre he imitado a quienes admiro, no hago entonces la excepción: me siento a su lado con un pliego de papel y me dedico a hacer mi propia versión. En mis trazos, Napoleón tiene cara de plato y aparece de pie sobre un barco. Lleva la letra N sobre un tricornio que más parece boina y tiene la espada en alto. En un momento dado, le muestro a mi tío mi dibujo y de su aspecto concentrado se desliza una mirada de aprobación. Es en ese momento cuando João Gilberto canta «*Se você disser que eu desafino, amor, saiba que isto em mim provoca imensa dor...*» y el rictus de mi tío recibe una brisa atlántica, su calva refleja otros cielos y ocurre, entonces, el prodigio de su voz melodiosa.

Cuánto talento en un solo hombre, *meu Deus*.

Por supuesto, no es difícil imaginarlo en sus plomizos días de supervisor en una disquera nacional preguntándose qué habría sido de él si hubiera tenido una formación artística en Europa, como era el deseo de su padre. ¿Habrá llegado tu hermano a tener en su cama de hospital público, antes de sus delirios finales, algo de tu práctica sabiduría?

¿Algo de tu propensión al perdón? (Recuerdo cuando alguna vez te mencioné lo diferente que habría sido tu vida si Otoniel Vela hubiera vivido unos años más: te nos quedaste mirando a mí y a mis hermanos, como sufriendo nuestra ausencia, y no tuviste que decir nada más).

Y aunque esa respuesta nunca la tendremos de tu hermano, sí podría apostar que, al haber leído este libro, habría saboreado lo que el destino le deparó al coronel que fue verdugo de su padre.

En ese momento me interrumpió el teléfono y noté en la pantalla el nombre de Karen. Traté de disimular mi estado de ánimo, pero ella decidió anteponer su alegría a mi fastidio.

—¡Amorororor, gracias!

Comprendí que por fin lo había encontrado.

—¿De qué? —me hice el tonto.

Karen no se dejó engatusar.

—Es una linda sorpresa, ¡te amo mucho…!

Aquella efervescencia me obligó a sonreír. Intuí que me preguntaría más detalles y yo ya me había preparado para brindárselos con las modificaciones correspondientes: que Dolores Burruchaga había asistido sorpresivamente a mi conferencia y que nada me había costado pedirle que le firmara a mi novia su obra más reciente; que le había dado ciertas pistas para que su dedicatoria fuera aún más amable, y que el libro había estado a mi lado todo ese tiempo hasta que me di la maña de acomodarlo en el fondo de su equipaje cuando la recogí del aeropuerto.

—Demoraste en deshacer tu maleta, ¿ah? —la reprendí con cariño.

—¿Le dijiste que soy su fan?
—Ya se lo había dicho la vez anterior, y se lo repetí esta vez.
—Me muero.
En ese instante, la pantalla me avisó con un destello que Ronald me estaba llamando. Se lo hice saber a Karen y no hizo falta añadir más, porque teníamos claro el protocolo y sus prioridades.
—Ya, amor —se despidió—, ¡besoooo!
—¡Ronito! —le respondí a mi hermano.
Su voz era una hilacha temblorosa.
—Hermano…
Recuerdo que aspiré todo el aire que pude. Que congelé mis pulmones. Que apreté la boca como cuando de niño me zambullía en las piscinas.
—Ya fue… —sollozó.
Mi rostro volvió a emerger del agua, esta vez para entender que mi madre había desaparecido para siempre de la tribuna.

Esa madrugada, luego de las llamadas, de los trámites y de pastar en una gran parcela de insomnio, volví a soñar con un río selvático. Antes de caer dormido había estado reflexionando sobre lo que la ciencia ha descubierto acerca de los últimos segundos de vida de un ser humano, esa tempestad neuronal que remece al cerebro cuando el oxígeno se ha retirado, y es probable que imaginar la alucinada mente de mi madre en su último trance me haya llevado en sueños hacia ese Estigia amazónico.

Consumida y encorvada, vestida con un pijama de franela, mi madre me acompañaba sobre la rama de una lupuna milenaria y bajo nuestras miradas se extendían todas las capas de la espesura vegetal. A nuestro lado caía una gruesa liana y yo la agarré con resolución. Mi madre asintió. Era como si en otra dimensión, ambos hubiéramos sido citados para lo que nos esperaba. Abracé con fuerza su cuerpito, ya sin miedo de hacerle polvo la columna, y nos lanzamos a cruzar esa cálida atmósfera cruzada por graznidos, chillidos y emanaciones vegetales. Mi madre chillaba feliz, con un abandono a su suerte que jamás le había conocido, y ni siquiera se inquietó cuando en la parte más baja de aquel cósmico columpio el río que cruzábamos amenazó con empapar nuestros pies.

Nos recibió del otro lado la alta rama de un chihuahuaco indestructible y de ella nos volvimos a lanzar con otra liana que nos había esperado providencialmente. Mi madre volvió a carcajearse y, liberada del temor a morirse, se dio el gusto de señalarme los pájaros, orquídeas, termiteros, perezosos y monos que íbamos descubriendo de péndulo en péndulo. Así recorrimos un buen trecho, hasta que la visión de otro río capturó nuestra atención: era una canoa en cuya punta una chiquilla remaba con ímpetu, mientras que en la otra un adolescente la trataba de emular con torpeza.

«¡Ahí estoy con Generoso!», exclamó mi madre.

Estaba surcando con su primo el Marañón, el afluente que da paso al Amazonas, con la ilusión de encontrar el mítico fundo donde mi abuela había caído seducida por mi abuelo: la chiquilla no tiene idea de que su madre la está buscando desesperada y que de milagro no terminará revolcada por los remolinos.

A partir de ese momento, las lianas se sucedieron a un ritmo cada vez más frecuente y con formas y soportes muy diversos. Así, una antena de radiocomunicación nos ayudó a cruzar los aires de esa isla terrestre que es Iquitos y vimos a mi madre jovencita, el pelo negro cortado como la Blancanieves de Disney, siendo cortejada junto al malecón amazónico por un joven rubio cuyo padre tenía un taller de mecánica. «¡Mañuco Montero!», se emocionó mi madre, olvidándose por un segundo de que años después, cuando ella ya se había divorciado de su primer esposo, aquel muchacho la pidió en compromiso con la condición de que mi hermano mayor fuera criado con algún pariente. Tras revivir en mi mente la merecida cachetada, un cable que colgaba de un bimotor a hélice nos ayudó a cruzar más selvas y cordilleras, hasta que en una urbe casi siempre nublada, alzada en el desierto y a pocas leguas del mar, un campanario de la catedral nos sirvió de estación para pasar de edificio en edificio y de década en década: vimos a mi madre caminar por el centro de esa Lima con sus primeras amigas de la capital, su accidentado primer baño en el mar de La Herradura, su matrimonio con un músico amigo de su hermano Iván, el departamento que el último marido de mi abuela compró en la unidad vecinal de Matute; esquivamos letreros publicitarios con neones recién encendidos y vimos sus correteaderas para llegar a tiempo a darle de comer a su primogénito luego de convertirse en una secretaria divorciada, y también la discreta elegancia que lucía entre esos edificios apiñados con la ropa de segunda que una sobrina rica de don Lucho le daba a cambio de sus servicios de costura. «Qué guapa», le dije a mi madre, y ella suspiró por aquel pelo negrísimo que la laca de los años sesenta mantenía alto como una cúpula.

«¡Ahí está tu papá!», gritó de pronto, luego de habernos lanzado de una torre del estadio de Alianza Lima, y en efecto, entre el gentío de un mercadillo en pleno barrio de La Victoria vimos a un joven flaco y enternado, agachándose para abrir la puerta enrollable de una farmacia. Me conmovió volver a ver aquel pelo fino y negro, mi color en su color, y presentir los modales amables con que cautivaba a sus clientes y con los que también terminó por conquistar a esa vecina discreta que era mi madre, mientras le ocultaba estratégicamente su afición nocturna al alcohol. Nos columpiamos después sobre el patio del restaurante donde se casaron tras el asedio, vimos la larga mesa y los brindis; y arriesgamos después el cuello entre los cables eléctricos para atisbar las ventanas del pequeño departamento donde viví mi primer año en ese barrio populoso; las de la casita que habitamos luego camino al aeropuerto, y, más tarde, nuestra mudanza a Trujillo, ya con mi hermano Ronald nacido, y mi abuela Clotilde y mi hermano Daniel: aquel depósito en que vivimos; mi madre, con el pelo teñido de castaño y unas botas de cuero a la rodilla, enfrentándose con distinción a aquel vecindario hostil; sus zancadas para llegar a ayudar en la farmacia que mi padre adquirió en el centro, para comprarle zapatos a mi abuela, para recoger la libreta de notas de mi colegio, para organizar reuniones de ahorro con sus amigas y así decorar de a poco nuestra covacha. De pronto, fui yo quien exclamó: «¡La casa nueva!». Nos habíamos impulsado entre los eucaliptos que rodeaban la ciudad universitaria de Trujillo y los postes del nuevo vecindario de San Andrés, hasta que por fin avistamos la casita que mis padres lograron construir por esos años: vimos a mi madre decorarla con los ahorros que pudo juntar, mostrarle al jardinero cómo quería ver dispuestas las plantas, regañarnos porque Ronald y yo jugábamos de noche muy cerca de la pista, salir de noche con mi padre rumbo a esas fiestas en casas de amigos en las que siempre era la más bella, y la vimos asomarse de noche a la ventana esperando a que yo llegara de mis primeras fiestas y le recordé cómo se preocupaba en demasía de que llegara a embarazar a alguna chiquilla tal como mi hermano Daniel lo había hecho a los dieciséis años; pero luego volvimos al centro de esa ciudad y, usando como eje la enorme torre de Entel Perú, dimos revoluciones sobre la farmacia de mi padre y la vimos llegar angustiada al desalojo de aquel negocio. A partir de ahí, nuestro paseo cayó en el vértigo: nos vimos regresando a Lima en un bus, sus nuevas andanzas en la casita alquilada en Miraflores, su desesperación mientras buscaba por las calles un médico para mi abuela infartada, la calidez con que recibió como pensionistas a mis excompañeros de mi colegio trujillano para obtener un ingreso adicional, su rostro estupefacto al descubrir desde la ventana que su hermano Emiliano era su vecino, el deterioro del país cercándola por todos lados, los desalojos que siguieron, sus pertenencias en la calle, sus idas a la comisaría para indagar por mi padre perdido en la noche, su pelo cada vez más corto y reseco por los tintes, su andar cada vez más moroso en el patio del departamento de Lince donde pasó sus últimos años, hasta que una liana que nos tocó en suerte nos hizo pendular sobre una pequeña clínica en los linderos de San Isidro. Brillaba un esplendoroso sol de febrero y, allá abajo, mi madre entraba por la puerta principal del brazo de mi padre: su sonrisa era la suma de todas las alegrías del mundo. Lo que mi madre balbuceó apretada contra mí confirmó lo que ya sospechaba:

«Mi Aura...».

Se trataba del día en que nació mi primera hija o, mejor dicho, de la primera vez que mi madre se reconoció como abuela. Nunca la vi tan radiante como aquel día y ella pareció estar de acuerdo.

«Aquí me bajo», me dijo, contenta.

Asentí con los ojos llorosos. La liana parecía estar conectada a nuestros deseos, pues de inmediato nos depositó suavemente en aquel espacio y en aquel tiempo. Antes de internarse en aquel día que le sería eterno, mi madre volteó para sonreírme con la serenidad y la belleza de los lagos amazónicos.

Cuando mi padre murió veinte años atrás, su velorio no pudo ser más distinto del que hoy compartíamos. No era solo que aquel salón de una parroquia céntrica acogiera a mucha gente porque su edad permitía que varios de sus coetáneos pudieran trasladarse para despedirlo, sino que por entonces yo me encontraba en una etapa más proclive a las relaciones públicas. ¿Debería avergonzarme de que, entre otras revelaciones, la muerte de mi padre se convirtiera en un termómetro de mis conexiones? No demasiado, porque yo no me encargué de invitar a nadie: solo otorgué las facilidades. No obstante, lo que con el tiempo sí me dio pudor reconocer fue la posibilidad de haber confundido el poder de consuelo que ofrece la cantidad de asistentes con la calidad de las motivaciones. Por entonces no tenía tan claro que más vale el gesto honesto del jardinero del barrio que el saludo protocolar de un ministro de Estado.

Lo más seguro es que, en épocas más recientes, el velorio del padre de Karen nos hubiera puesto de acuerdo a mi madre y a mí sobre la belleza de las despedidas íntimas. Cuando Jack murió, sus hijas cumplieron con su deseo de no ser trasladado a ningún territorio rociado con agua bendita: la aduana entre la agonía y la tumba fue establecida en la cama que soportó su languidez, sus últimas lecturas, sus programas de televisión y sus conversaciones irrigadas con whisky.

«Yo quiero algo así», me dijo mamá, luego de ver el cuerpo de su consuegro enfrentado al techo que le había sido cotidiano y de atestiguar cómo sus nietos se turnaban en la cama para acompañarlo. No le confesé que pensaba lo mismo que ella, pero tomé nota. Y mis hijas tomaron nota de mi testimonio.

A esa hora de la mañana, la luz ya se empozaba en el patio de mi madre y desde allí se expandía entre nosotros junto a la lavanda de unas velas encendidas por Bárbara. Habíamos resuelto congregarnos en la sala cuando queríamos descansar la vista de su cuerpo en el dormitorio principal. Recuerdo un momento específico en que mis hijas intercambiaban pantallazos e impresiones sobre una actriz, en tanto Karen, bañada en el patio por la luz oblicua, hablaba con su oficina tratando de solucionar el problema de un cliente. Desde una silla apartada, rascándose el brazo, mi hermano observaba el vacío en tanto su perra lo observaba a él. Bastó, sin embargo, un poco de atención de mi parte para notar que la mirada de Ronald se iba posando en distintos objetos del departamento como una mosca que respondía a su propia lógica: el bodegón pintado por nuestro tío que colgaba frente a la mesa del comedor, la consola de pan de oro que nuestra madre había comprado con cierto sacrificio cuando pensaba que lo versallesco era garantía de elegancia, y unas antiguas figuritas imitación de Lladró que evocaban escenas pastoriles sobre una mesa auxiliar que había sobrevivido a las polillas. ¿Qué asociaciones provocaba aquel mobiliario en mi hermano? Probablemente, esos objetos eran el puente entre sus recuerdos del pasado y la incertidumbre del presente. Me estremecí con solo asomarme a la fosa de su mente, porque si bien yo también me había convertido en un huérfano, la orfandad de mi hermano era doble. No solo había muerto su madre: con ella se había ido además el núcleo de sus rutinas y, si se me apura un poco, el de su vida.

Me puse de pie, un poco para escapar de esos pensamientos y otro tanto para confirmar a solas, y con la luz del día, lo que había captado entre penumbras la noche anterior. Esta vez, más que nunca, el pasillo rumbo al dormitorio de mi madre me pareció un museo de nuestra historia: retratos míos y de mis hermanos mostrando dientes de leche, instantáneas de mis padres en el único viaje al extranjero que se permitieron, las risas de mis hijas celebrando un cumpleaños disfrazadas de princesas de Disney. Toda familia que puede financiarse un techo comparte los mismos clichés, solo cambian la calidad de las telas y el costo de los viajes.

Mi madre, al menos por ahora, escapaba de la vulgaridad del ataúd.

Su cuerpo descansaba sobre sábanas limpias y estaba vestido con aquel huipil tan bonito que Karen le había comprado en un viaje. Cordelia le había pintado de borgoña las uñas de los pies y las manos, y también se había asegurado de que su maquillaje no fuera excesivo, en tanto yo vencí el inmensurable recelo de tocar su piel muerta para ponerle un perfume de rosas que le había comprado en Sevilla. La luz del patio ingresaba al dormitorio filtrada por una cortina y atenuaba los contrastes junto con unas velas que Aura había traído de su casa: en la fría geografía que hoy era mi madre resaltaba solamente el tajo que ella había esculpido en su entrecejo durante años, una consecuencia directa de guardarse impresiones que pudo haber expresado mediante palabras.

La noche anterior, entre el ajetreo con el guardarropa y los trámites con la funeraria, Ronald nos había contado que mejor muerte no podía haber tenido. Se había tumbado en la cama luego de haber almorzado como un pajarito y cerró los ojos para descansar la vista. Es probable que poco después hubiera sucumbido a una siesta, pero mi hermano no podría confirmarlo. Al rato, escuchó desde su habitación que el televisor de nuestra madre despedía los diálogos de una telenovela turca y se quedó más tranquilo, pues esas maratones vespertinas eran el mayor síntoma de la normalidad doméstica. Pasaron los minutos. Quizá un par de horas. Cuando Ronald entró a su dormitorio para hacerle una consulta, una señorita de ojos verdes era abofeteada en la pantalla por un novio celoso, mientras que nuestra madre parecía dormir sin sobresaltos. Sin embargo, la falta de ritmo en su pecho alertó a mi hermano, y no pasó mucho tiempo para que el servicio de emergencias confirmara su certeza. Mi madre había partido cuarenta años después que su madre, pero sin compartir con ella el horror de haber muerto en soledad: había expirado con su hijo menor cerca y, muy probablemente, con su mente entregada al sueño: reconfortaba pensar que entre sus fantasías oníricas y los cortocircuitos que rodean a la muerte se hubieran colado las voces de esos galanes turcos de los que hablaba con admiración, herederos de ese amor oriental de pantalla que para ella fue Omar Sharif.

Ahora que recuerdo aquella cercanía diurna a sus restos, me sorprende mi tranquilidad. Me acuerdo, sí, de un pensamiento inquietante: darme cuenta de que había muerto la última persona en el mundo que me recordaba como una cría. Que desde ese momento ya no sería un infante en la cabeza de nadie. Que ninguna mente guardaría en algún rincón el olor a leche y sudor de mi cuello, ni mis primeros balbuceos, ni los vestigios de mis primeros miedos y curiosidades: quienes me recordaran desde entonces, empezando por mi hermano, serían testigos de mi existencia a partir de mis majaderías adolescentes y de mis contradicciones adultas, y el tiempo se encargaría de que las últimas mentes que me conocieran en el futuro me recordasen solo como un ser en decadencia. Con mi orfandad se había iniciado el lento proceso a ser el siguiente en la línea del olvido.

No obstante, transcurrido ese único momento, la serenidad se mantuvo conmigo. Ya he contado que cuando murió mi abuela no solté una sola lágrima y que traté de verme más dolido de cómo me sentía para encajar en un imaginado espíritu de grupo. Esta vez, además de que la experiencia me decía que esa calma era solo una corriente esperando su momento para aflorar, también intuía la consecuencia de un fenómeno que en la adolescencia me había sido ajeno: la probabilidad de que la escritura hubiera acudido en mi ayuda cobrándome cuotas por adelantado del duelo. Pocos oficios hay en el mundo que obliguen al trabajador a formularse tantas preguntas mientras hace su labor: escribir una novela implica hacerse un millón de ellas, desde nimias dudas ortográficas hasta las cuestiones trascendentales, y si ese juego de introspección me había ayudado en el pasado a comprender lo que me había ocurrido en la vida, no era descabellado pensar que en los últimos tiempos me hubiera puesto en guardia para procesar los duelos que estaban por ocurrir.

Sumido en esa tranquilidad, y secundado por el aplomo que añade sentirse a solas, me acerqué a las páginas del manuscrito que reposaba sobre la mesa de noche. Estaban junto al retrato de mi abuelo, pero ahora, junto al viejo, también descansaba un retrato de mi abuela que hasta hacía poco había estado sobre la cómoda. Era como si, intuyendo su final, mi madre hubiera decidido reunir las ramas de donde partía la suya en el árbol. Cuando tuve el manuscrito en mis manos, noté que el recibo de un supermercado señalaba una página cerca del final. Un carboncito se encendió en mi pecho y me puse a leer.

La noche que fuiste engendrada, la tierra estaba humedecida. Había llovido al final de la tarde y las estrellas acompañaban a una luna que les prestaba de su plata a los ríos y a las cochas. El Marañón rodeaba la hacienda, incontenible hacia el Amazonas, mientras tu padre hacía lo mismo rumbo al delta de tu madre. La piel lisa y blanca de ella contrastaba, a pesar de la penumbra, con la piel morena del viejo. Lo que había empezado con cariño viraba hacia el frenesí y una sinfónica de insectos menguaba los berridos mientras la madre de tu madre dormía, tu pequeño hermano Iván soñaba y los peones descansaban.

A media legua, un kakuy abrió el pico y su largo canto fúnebre erizó los vellos de quienes pudieron oírlo. Tus padres se desentendieron porque el cuerpo sabe dar prioridades, y quién sabe si esa tonada sombría explique tu propensión a la tristeza. A esa hora, en la no muy lejana Iquitos, una madre aún llora por su hijo acribillado en la frontera con Colombia, sabiendo que de poco le sirve la promesa de una calle con su nombre, y quizá eso explique la poca atención que les pones a los nombres de las plazas y avenidas. Esa misma noche en Lima, un coronel apellidado Rodríguez, cojo por el balazo de un reciente atentado, asiste a una sesión de espiritismo en una vieja casa de Barrios Altos sin sospechar que el médium es un aprista encubierto, enemigo de Benavides, y quizá ello explique tu inclinación a ser tan crédula. A cuatro cuadras de esa casa, en la trastienda de una pulpería, un japonés recién emigrado bebe pisco a falta de sake, mientras llora la desaparición de sus padres en el reciente maremoto de Yokohama, y quizá eso revele por qué le tienes tanto miedo al mar. Esa misma noche ya es de mañana en Biarritz, donde tus hermanos tuvieron la suerte de veranear; y también en Dachau, en donde se inaugura el primer campo de concentración concebido por Hitler, y un obrero comunista tiene el horrendo honor de ser el primero en la estadística, y eso quizá explique tu piadosa manera de sentir el dolor ajeno. Y mientras en un cine de Nueva York una mujer grita aterrorizada en el estreno de *King Kong*, tu padre y tu madre demuestran, antes de un largo gemido, en una selva que no es de artificio, que parejas desiguales como la de aquella película sí pueden sucumbir ante algo muy parecido al amor.

Cerré el manuscrito y lo volví a dejar en la mesita como un objeto arqueológico a respetar en una tumba. Cuidé incluso que el recibo del supermercado se asomara lo debido entre las páginas. Imaginé que lo más probable era que los ojos cansados de mi madre hubieran escalado a duras penas hasta esas líneas y no hubieran llegado al final de la travesía. Aunque también era posible que hubiera marcado aquella página porque le gustara particularmente. De haber ocurrido lo primero, no habría llegado a leer la pueril muerte que fabulé para su padre en la Maisón de Santé, ni el complot que inventé contra él por parte de un ministro del presidente Benavides, un personaje oscuro, ambicioso y cojo que en la vida real sí moriría como traidor en un golpe de Estado. Ojalá hubiera sido así. Ojalá hubiera llegado solo hasta ese pasaje y que entrara en el reino de la muerte imaginando su entrada en el territorio de los vivos.

Preferí creer que así ocurrió.

Antes de retirarme, me quedé observando ese rostro que ya nunca más abriría los ojos para después sonreírme. Me acerqué y le susurré que ya le escribiría algo mejor, algo que estuviera a la altura de su linaje. Y ya que había elegido el camino de la contrición, me dejé resbalar por sus piedras aceitosas: le pedí perdón por todas las horas que había preferido estar en otro lado en lugar de estar con ella; por las series de televisión que me idiotizaron estando a cinco kilómetros de su casa; por los libros mediocres que me empeñé en terminar en vez de intentar leerla mejor; por el tiempo que perdí en reuniones con gente estúpida en oficinas desangeladas y sin la personalidad que ella le imprimió a su casa; por haberme excusado en el tráfico cuando conducía mi auto no muy lejos de su barrio; en suma, por haber dejado llegar con culpa el momento en que solo restaba acostumbrarse a la idea de que mi madre ya no viviría para ser tocada, sino recordada.

Desde la sala llegó la risa de una de mis hijas y agradecí aquel matiz.

Detuve la mirada en ese pelito ralo que había sido melena teñida en mis épocas de niño; en esa naricita que heredó Cordelia y sobre la que siempre reposaron anteojos oscuros contra el sol; en ese pómulo del que un día emergió una oscura mantarraya causada por una insolación de verano y que tanto la deprimió hasta que fue borrada; en esas mejillas, hoy descolgadas, que de niño vi tantas veces untarse con crema C de Pond's, y en esos brazos agrietados que escapaban del huipil para abrocharse con unas manos manchadas: la mujer más hermosa que me tocó en suerte, esa a la que dediqué desde cartitas crayonadas hasta manuscritos de novela, había cumplido su tiempo y solo quedaba agradecerle por el que me había dedicado.

Se lo dije así, simplemente.

Gracias.

Una vibración de lengua, entre paladar y dientes, en la que una vida trató inútilmente de ser condensada.

Cuando volví a la sala, mis hijas comentaban que su madre me iba a llamar desde Estados Unidos en cualquier momento. Ronald se distraía con su celular, y su perra desparramaba en el suelo la tristeza de sus ojos.

—¿La sacaste a orinar? —indagué.

Mi hermano negó con la cabeza.

Posé mi mano en sus rulos blancos y le dije que lo acompañaba. La perrita pareció entender, porque se puso alerta. Las corvas de Ronald se estiraron a regañadientes y pronto fuimos tres por el pasillo que conectaba con la calle.

El sol del final de la primavera nos cegó un poco, pero los ficus de la privilegiada isla que nos separaba de la avenida Arequipa nos prestaron su refugio.

—Todo va a estar bien —le dije.

Libre de su cadena, Chelita olisqueaba entre un matojo de geranios.

Mi hermano asintió.

En los últimos tiempos, conforme más se acentuaba el deterioro de nuestra madre, más pertinente me había parecido asegurarle a mi hermano que no debía preocuparse por su propia manutención. Que, equivocado o no, cansado tal vez de sus tropiezos y adicciones, él había decidido encauzar su vida para quedar como la única persona dispuesta a cuidarla a toda hora, y que esa dedicación era más valiosa que lo que cualquiera de la familia podía aportar.

En ese momento temí no haber sido lo suficientemente claro.

—Nunca te faltará casa, ni ingresos —añadí—. Ya verás, tengo algunas ideas para este departamento.

Mi hermano volvió a asentir.

—Y mucho menos te faltará nuestro cariño, loco.

Sus ojos se humedecieron y, en lugar de abrazarlo, no sé por qué carajos me empeñé en redondear mi idea.

—Yo solo he sido un dedo que transfiere dinero desde una pantalla —continué—, un actor secundario que entraba de vez en cuando a refrescar el aire con distracciones. En cambio tú...

—¡Cállate! —rugió mi hermano.

Y con esa misma vehemencia, me apretó entre sus brazos.

Sentí su rostro aplastado contra mí, sus babas y lágrimas condecorándome el hombro, y por puro reflejo me puse a empuñar trozos de su maraña blanca, esos resortes silvestres que habían envejecido a lo largo de nuestra hermandad. Así estuvimos un buen rato, dando por terminada la larga sociedad que nos permitió mantener con decoro a nuestra madre, hasta que de golpe, con la mirada nublada, advertí que un cerezo japonés había florecido en un rincón del parquecito a pesar de que ya había pasado la temporada.

Se lo señalé.

Nos quedamos observándolo en silencio, un fulgor rosa en el esmog, mientras Chelita orinaba a nuestro lado.

Un mes después del entierro, volví al cementerio con Hitler. Ya que mi pie estaba totalmente curado, y además sufría un apego masoquista a conducir mi auto en Lima, decidimos que aquel tramo de regreso —dieciocho kilómetros de este a oeste— podría servirnos como una despedida. Al buen ánimo de la decisión contribuyó el hecho de enterarnos de que en pocos días él empezaría a trabajar para una imprenta que le daba servicios a mi editorial.

Una vez que estacionamos ante la verde meseta, entre esos cerros pelados que anteceden a la cordillera, Hitler decidió acompañar mis pasos sobre la hierba, pero cuando intuyó que nos acercábamos a las tumbas de mis padres, fue retrasando su andar.

Creo que fue en ese momento cuando decidí tutearlo.

—Ven nomás —le sonreí.

Se acercó respetuosamente.

—Ha quedado bonita, míster.

Se refería a la lápida que el cementerio acababa de colocar, el verdadero motivo de haber ido hasta allá. En efecto, el mármol brillaba bajo ese sol veraniego de una manera en que ya no lo hacía la envejecida lápida de mi padre. ¿Sería que de todo lo existente en el universo, el tiempo era lo único más indetenible que la muerte? ¿No era la muerte natural tan solo una súbdita obediente del tiempo?

Revisé con celo de corrector que el nombre de mi madre estuviera bien escrito y que no hubiera error en las fechas. No dejó de darme algo de pena que dentro de aquel paréntesis que daba cuenta de sus años no hubiera espacio para que los visitantes se aproximaran a la esencia de su vida. Quizá para eso se había inventado la literatura, me dije. O la tecnología, me corregí, pues imaginé que en un día no muy lejano todas las lápidas tendrían algún código que llevaría a algún texto o video conmemorativo.

Luego de colocar flores en ambas tumbas y de conversar en silencio con las imágenes de sus ocupantes, mientras Hitler terminaba de musitar sus padrenuestros, me pareció que ambos rectángulos de mármol, así juntos, como alineados en un organigrama, confabulaban para recordarme que yo era la ramita aún viva de un árbol genealógico en desarrollo. Estaba previsto que debajo de uno de esos ataúdes descansaría algún día el cadáver de mi hermano Ronald, ¿pero debía acompañarlos el mío? ¿Bajo qué mandato era imprescindible que nuestros cuerpos volvieran a estar reunidos como cuando alguna vez viajamos en el auto familiar? ¿No sería mejor que mis despojos, por ejemplo, descansaran junto a los de Karen bajo un hermoso molle que espiara con sus raíces el espectro de nuestros diálogos?

Levanté la vista y me puse a observar los cerros que nos circundaban. Una brisa nos refrescaba luego de haber trepado hasta el valle residencial que acogía al camposanto.

—Es bonito esto —comentó Hitler—. Nunca había venido.

Mi lado cínico se vio tentado de comentar que la gente con recursos mantiene ciertos privilegios, incluso después de muertos. Ese lindo paisaje, por ejemplo. Pero el recuerdo de la hermosa canción de Serrat me llamó a la humildad, porque eso hace la poesía: adormecer a nuestras fieras.

> *Y a mí enterradme sin duelo*
> *Entre la playa y el cielo*
> *En la ladera de un monte, más alto que el horizonte*
> *Quiero tener buena vista*
> *Mi cuerpo será camino, le daré verde a los pinos*
> *Y amarillo a la genista*

La canción aún sonaba en mi cabeza cuando volvimos al auto. Programé en la aplicación un par más del cantautor catalán y en su compañía afrontamos el descenso de esas laderas previas a los Andes, rumbo a mi barrio frente al mar. Creo que fue mientras surcábamos la avenida Raúl Ferrero, en el tramo que limita con los maizales en vaivén de la Universidad Agraria, cuando recordé que cuatro años antes, Hitler, Karen y yo habíamos transitado ese mismo camino que luego convertí en novela. Y fue también en ese momento, quizá porque en nuestra cabina Serrat cantaba esto:

> *Vamos bajando la cuesta*
> *Que arriba en mi calle se acabó la fiesta*

cuando Hitler mencionó lo siguiente:
—¿La pasó bonito su mami?
Me quedé sin saber qué responderle.

—En su fiestita —se apresuró a explicarme.

Le respondí con entusiasmo que sí, que al menos su último cumpleaños quedaría para nosotros como un bonito hito de despedida.

—¿Por qué lo dices? —me interesé.

Hitler se acomodó tras el volante, consciente de que tenía guardado algo que me podía interesar. Yo acepté el juego.

—¿Te dijo algo cuando la llevaste a su casa?

—Se le notaba contenta, míster, usted sabe...

—Háblame de tú —lo reprendí con afecto—, ya es hora.

Hitler se ruborizó.

—Va a estar difícil. Es la costumbre, usted comprenderá.

—Poco a poco, entonces —consentí.

Conforme avanzó en su relato, imagine que el auto arrancaba de mi casa y a las manitas de mi madre, huesudas y consteladas de manchas, pelearse con el papel que envolvía mi regalo. Al darse cuenta de que se trataba de un largo escrito, la vi lanzar un comentario para que mi hermano la escuchara desde el asiento trasero.

—¿Qué dijo exactamente?

—No sé, míster. Algo así como «mira, otra travesura de tu hermano».

Me preocupé.

—¿Pero lo dijo contenta?

—Sí, lo dijo riendo.

Ante nosotros ya se divisaba el cerro árido que separa La Molina de la Lima más céntrica. Con el tráfico de los nuevos centros comerciales y esos semáforos impensables tres décadas atrás, aposté conmigo mismo a que alcanzaríamos su cima en ocho minutos, quizá el triple de lo que me hubiera tomado en mi adolescencia. Lo recuerdo bien porque el reloj de la consola marcaba las 12:00, un número redondo, y me pareció divertido que la meta coincidiera con 1208, el año en que San Francisco de Asís fundó su orden: uno de esos datos inútiles que un cerebro joven almacena para que mucho después un cerebro viejo les encuentre sentido.

—Y no crea, míster: se la pasó ojeando las páginas todo el camino.

—Pero ella no puede leer sin lentes —lo contradije, incrédulo.

—Su hermano se los alcanzó.

A esa hora, el sol rebotaba a plomo sobre algunos parabrisas y nos enviaba a ratos puñetazos de luz. Mientras buscaba mis gafas de sol me pregunté por qué Hitler no se protegía como yo. Me dije que quizá sus ojos oscuros no eran tan sensibles, pero desistí de hablarle de ello: no quería alejarme de mi madre y del manuscrito sobre sus rodillas.

—No sabes lo feliz que me haces al contármelo.

—Y hay algo más —sonrió.

Lo dijo dándose un aire enigmático, mientras esquivaba una gran camioneta Mercedes que se había detenido sin avisar. Era evidente que mi compañero de ruta disfrutaba con la idea de ponerme contento.

—Ya estábamos por llegar a la casa de su mami —continuó—, y todo ese tiempo había estado leyendo bien concentradita una de las páginas. Cómo no se marea, me admiré…

Yo asentí. Con la atención en vilo.

—En eso su mami cerró el anillado y dijo una cosa que me sonó bonita.

—Qué cosa.
—Algo así como... «mis papás ya están juntos nuevamente».
—¿En serio?
En ese instante timbró el celular de Hitler y su voz cambió completamente. Canjeó la afabilidad por la cautela, y luego transitó a la cortesía mientras explicaba que no podía hablar, que la hora convenida seguía en pie, que muchas gracias por la comprensión.
Sentí que ahora me tocaba ser amable con él.
—¿Tu ex? —me aventuré a adivinar.
Asintió risueño. Como descubierto en una travesura.
—Pero no es lo que cree, míster...
—Yo no creo nada.
—Estamos coordinando cosas de los chicos.
Lanzó un suspiro, y el suspiro se alargó cuando el último semáforo antes del cerro cambió a rojo. Le eché un vistazo al reloj y consideré que, con el auto así detenido, tal vez iba a perder mi apuesta conmigo mismo.
—Pero todo bien con ella —se animó—, ya sin peleas, ¿sabe?
—Como debe ser —respondí por responder.
—Gracias a su carta, míster. Ayudó mucho.
No me hizo falta mucha memoria para recordar ese borrador que escribimos juntos una tarde entre semáforos, y que luego él transcribió a un papel con tinta de su propia mano. Un colofón de paciencia y gratitud.
—Gracias a ti... —le dije—. Por escucharme todo este tiempo.
Carraspeé, pero el sonido fue camuflado por el arranque del auto. Eran las 12:06. Entre nosotros y

la cumbre solo quedaba la larga rampa en ascenso, enseñoreada sobre las residencias que se habían multiplicado en esas pendientes resecas. Levantamos vuelo sobre casas, piscinas y jardines que se sublevaban contra la escasez de agua, pero el paisaje que observaba a mi derecha fue interrumpido cuando una tromba nos adelantó por la izquierda.

—Debe estar con diarrea —bromeó Hitler.

Era la camioneta Mercedes de antes, y alcancé a ver que llevaba una silueta en el asiento posterior. Mientras comparaba su velocidad con la nuestra, comparé también la relación usual entre conductores y pasajeros. ¿Por qué en todo ese tiempo había elegido viajar de copiloto y no en el asiento trasero? ¿Era porque Karen había viajado recostada atrás en aquella aventura nocturna y soy un animal de costumbres? ¿Era la forma en que un tipo con recursos como yo lidiaba con la culpa? ¿Sentía que el hecho de viajar al lado de mi chofer le añadía justicia al mundo?

Miré alternadamente el reloj y la cumbre: eran las 12:07 y en cualquier momento cambiaría el dígito.

Pero perdí. Perdí por poco.

Ante nuestra vista apareció esa gran porción de Lima que moja sus talones en el mar: una planicie cruzada por avenidas que tienen la fortuna de tener vegetación en sus bermas y espejismos de civilización en sectores acotados. Un avión cruzaba, pequeñito, la bahía de Miraflores varios kilómetros al oeste, y me pareció ver un par de parapentes que, a lo lejos, como mosquitas, volaban sobre los acantilados donde descansaba mi barrio.

—¿Te acuerdas cuando pasamos por acá?

—Cómo me voy a olvidar —me respondió Hitler.

Aquella noche la ciudad era un manto oscuro con miles de brillos que se detenían ante el mar y, ahora que descendíamos hacia ella, nos recibía con el ajetreo que entonces nos había sido esquivo por la hora. Las curvas que hoy enfrentábamos bajando del cerro, por ejemplo, nos contenían más por el tráfico que por sus ángulos.

—Es raro tanto carro a esta hora —comenté.

—Ahora ya nada es raro, míster.

Le di la razón y me abandoné al silencio.

El algoritmo que gobernaba la música había decidido empalmar la música de Serrat con una canción de Pablo Milanés que hablaba de Santiago de Chile ensangrentada. La piel fue enfática para convencerme de que sus estrofas me seguían emocionando como cuando era un jovenzuelo ante el fuego en algún campamento, pero la mente sabía que aquellos ideales solo habitaban a plenitud en un espejismo de mi pasado: ¿será que la peor consecuencia de una mala vejez son los callos del cinismo?

El comentario de Hitler me trajo a tierra firme.

—De aquí ya serán veinte o veinticinco minutos…

Habíamos llegado al primer semáforo del otro lado del cerro, en territorio nuevamente plano, y lo recuerdo con la nitidez con que uno sabe dónde estuvo cuando cayeron las torres gemelas o se decretó la inamovilidad por el Covid-19. El cálculo de Hitler me hizo pensar que tenía tiempo para ponerme al día con las noticias y, apenas la aplicación se encendió en mi celular, sentí el puñetazo.

Grité. O hice algo parecido.

Hitler se sobresaltó, pero mi cerebro no tuvo la capacidad de entender lo que había leído, ni pude sustraerme para tratar de ensayar un esclarecimiento en mí mismo, y mucho menos pude ser empático con alguien que esperaba explicaciones.

Seguí descifrando.

Mientras el auto se abría paso entre conductores imprudentes, otros vehículos lo hacían en mis recuerdos: esa voz sentenciosa que por momentos era cálida, el cerquillo rubio que olía a un fruto cítrico, las trajinadas Dr. Martens que contrastaban con las pantorrillas blancas, las ramas aquietadas detrás de su ventana, el jabón astringente de su ducha, la ternura con que eligió acunarme en vez de burlarse de mí.

Al cabo de un rato, ya en la avenida El Polo, luego de haber buscado la constatación en otros medios, recién me animé a abrir la boca.

—Una amiga se ha matado —musité.

Hitler parpadeó dos veces seguidas, como si se tratara de un protocolo para reiniciar su mente.

—Caray...

Le conté que era una escritora muy conocida y que la había visto hacía no mucho en Buenos Aires. Le dije que la habían encontrado en su dormitorio luego de días de no salir de su departamento y que se presumía un exceso de opioides. Tal vez fentanilo. No entré en más detalles. Es decir, no compartí los comentarios de ciertos buitres de carroña ligera que, con la excusa de esclarecer los hechos por tratarse de una figura pública, alardeaban de cierta cercanía con Dolores: un *booktuber* decía que la había entrevistado el día mismo de su muerte y que esa entrevista pronto saldría a la luz, y una supuesta amiga decía que la acababa de ver contenta y que podía dar fe de que su próximo ensayo descansaba impreso y corregido sobre su mesa de trabajo.

Pero mentiría si dijera que no me vi tentado de caer en esa bajeza.

Mientras Hitler asimilaba mis explicaciones y seguramente pensaba de qué manera ofrecerme algún tipo de consuelo, mis pulgares se mantenían en alerta y a la espera de que mi cerebro pudiera dictar algún tipo de mensaje para las redes. Algo sentido e inteligente, por supuesto, que además diera a entender que la formidable Dolores Burruchaga había sido una buena amiga mía: la cada vez más naturalizada costumbre de intentar que la tragedia de otro lo tenga a uno como protagonista.

De pronto, Hitler se aclaró la voz:

—Mis condolencias —dijo.

Sus palabras de cobijo, por más rutinarias que fueran en el léxico de los velatorios, penetraron en mi pecho lo suficiente como para hacerme recapacitar: todas esas elegías sobre Dolores que cierta gente había empezado a escribir en sus muros y vitrinas digitales con afanes de lucimiento no valían tanto como las palabras de manual, pero sinceras, que mi amigo acababa de dedicarme.

Recuerdo que su mano regordeta, morena y cruzada por cicatrices reposaba sobre la palanca de transmisión, y sobre ella extendí la mía: con el apretón suficiente como para expresarle mi gratitud, pero con el tiempo justo como para no sentirnos incómodos.

Antes de guardar mi teléfono, decidí compartir la publicación de un diario argentino y solo le puse encima un corazón quebrado.

Me quedé algo más tranquilo.

—Tan linda que era... —se me escapó el pensamiento.

Hitler asintió, mientras guardaba distancia de un trío de motos repartidoras.

—Nadie conoce a nadie —me respondió.

Ante tamaña verdad, no quedó nada por agregar.

Para cuando llegamos a mi edificio, mi corazón era una cebolla despellejada a la que le habían arrancado al menos dos capas: a la intranquilidad que me produjo la muerte de Dolores se había adherido la inminente partida de Hitler.

—Estaciónalo afuera —le señalé la fachada—. Karen va a venir en su carro y prefiero que estacione adentro primero.

—Al instante dijo Dante —sonrió.

Las mías habían sido tristes palabras envueltas en papel rutina, y quiero pensar que Hitler envolvió las suyas con papel alegría para que no se le notara la pena.

Bajamos del auto: un tentáculo de la neblina ingresaba desde el malecón a colocarse entre nosotros y el sol radiante. Cuando Hitler me extendió la llave, una infinidad de aguijones húmedos refrescaba nuestros rostros y brazos. Al ritual de aquel relevo no le restaba más gesto que nuestro abrazo, pero la presencia del portero Yashin nos interrumpió. Parecía haber estado esperando nuestra llegada.

Se nos acercó con timidez.

—Quería agradecerle por todo —me dijo.

Otra capa me fue arrancada del pecho, pero esta vez la sensación terminó siendo más dulce que agria.

—¿Te vas? —se sorprendió Hitler.

—¿Era hoy? —exclamé.

Ya que nuestro portero era demasiado correcto para pecar de alardes, me tocó explicarle a Hitler que Yashin había encontrado trabajo en un estudio muy importante de abogados.

—Ahora va a poder ascender sin nuestro elevador —bromeé.

—Gracias a usted —se sonrojó.

—Bah —torcí la boca—, solo le di tu nombre a una persona.

Entonces, Yashin me entregó un paquete abierto.

—No lo digo por eso.

Aquella fue la primera vez que Yashin no me bajó la vista y, ahora que lo pienso mejor, quizá era porque los andamios de su mirada estaban hechos de gratitud. Asentí conmovido. En los ojos de Hitler se notaban los signos de interrogación, pero no me provocó confiarle el juego que había compartido los últimos años con el portero: cada vez que me llegaba un paquete con el membrete de mi editorial, él debía abrirlo antes que yo para ojear el contenido. Si le interesaba el libro que me habían enviado como cortesía, podía terminar de leerlo. «Eres mi catador de veneno», le bromeaba a veces, y ninguna cosa me ponía tan contento en esa desangelada recepción como ver el libro de turno elevando su volumen entre los documentos recibidos, su tazota de café y el control remoto de los garajes.

Le eché una mirada al paquete que me acababa de entregar y, esta vez, me topé con una edición conmemorativa de la más célebre novela de Bulgákov.

—¿Te enamoraste de Margarita?

—¿Quién no? —me devolvió la sonrisa.

Le di un abrazo y le deseé suerte. De paso, me la deseé a mí también. Recordé que al final de aquella historia, el diablo se le aparece al maestro y le asegura que la novela que ha terminado de escribir le traerá una grata sorpresa.

Y pensé lo dichoso que sería si me ocurriera algo así.

Yashin y Hitler se dieron las manos y, mientras el portero nos daba la espalda para volver a su puesto, pensé en cuánta razón había tenido el viejo Borges al darnos a entender que leer siempre nos daría más satisfacciones que escribir.

—Yo también me despido, míster.

Estreché la mano de Hitler, pero aquel gesto no me contentó.

—Caminemos al malecón —le propuse.

La neblina se había vuelto más ligera y solo flotaban partículas dispersas entre nuestras miradas y la bahía. La isla San Lorenzo acababa de emerger al noroeste como un cetáceo y un buque carguero estaba a punto de cruzar el horizonte por detrás de su lomo de arena.

—Voy a extrañar esta vista —murmuró.

—Si nadaras en línea recta, ¿sabes a dónde llegarías?

—A la primera ola —rio—, porque con esta guata...

—Si navegaras, entonces.

Hitler entrecerró los ojos, como si en el horizonte hubieran emergido viejas clases de Geografía, los atlas que se habían abierto ante él, algún globo terráqueo que había girado entre sus manos.

—¿China? —tanteó.

No pude no pensar en mi hermano mayor.

—Un poco más abajo —sonreí—. Al norte de Australia.

—Allá nadie se llama Hitler —bromeó.

No supe qué responderle.

Ninguno de los intelectuales que había leído a lo largo de mi vida me había dado con tanta gracia y certeza un ejemplo que explicara mejor la desigualdad. Aún intoxicado por la escritura de mi novela, con el recuerdo de mi abuela y de mi madre en la mente, algo iba a comentarle sobre la injusticia de vivir en un país donde es usual crecer con padres analfabetos, o en la necesidad de una reforma educativa, pero el timbrazo de Karen me salvó de quedar como un sabihondo. Me bastó escuchar su primera sílaba, aquel círculo de sus labios encerrando sorpresa y pena, para saber la razón de su llamada.

—¡¿Mor, viste?!

—Es una desgracia —le respondí—. Te llamo ahorita, ¿sí?

—Ya.

Hitler Muñante y yo nos quedamos observando aquel mar rizado que, liberado ya de la neblina, aparecía lamiendo la orilla en una sucesión de curvas armoniosas. Desde abajo nos llegaba el estruendo rítmico de los millones de guijarros que el agua hacía rodar en su ida y vuelta, aquel latido infinito que había oído el primero de nuestros ancestros y que arrullaría al último de nuestros descendientes.

—Me tengo que ir —se disculpó Hitler.

Extendí los brazos y se dejó acoger.

Olía un poco a jabón y bastante a sudor. Cuando palmeé la tela de su espalda, me pareció tantear un muro humedecido.

—Gracias por todo —le dije al separarnos.

—No.

En su mirada apareció un destello de travesura. Como si el niño que tenía adentro se hubiera asomado a la ventana de sus ojos.

—Gracias a ti.

Enfiló en dirección de Larcomar, rumbo al tráfico de la avenida Larco. Una robusta embarcación en amable bamboleo.

Antes de llamar a Karen, me quedé mirando el horizonte.

El buque carguero que había desaparecido tras la isla San Lorenzo volvía a aparecer, lento y majestuoso, rumbo al sur. Aquella inmensidad oceánica me llevó a recordar otra amazónica y, de golpe, comparando ambas aguas sin orillas, me apuñaló la desesperación: después de tantas conversaciones y de repreguntas en mil sobremesas, nunca le había preguntado a mi madre sobre la primera vez que vio el mar.

¿Cómo mierda era posible?

Calculé que había sido en Lima, a los dieciséis o diecisiete años, la misma edad que tenía mi abuela cuando fue revolcada por ese maremoto que fue mi abuelo.

¿Habría visto el océano desde el acantilado que yo ahora pisaba?

¿Haber crecido junto a un río descomunal le había atenuado la impresión?

Suspiré hondo. A punto de llorar. Sufriendo con antelación las futuras preguntas que sabía que emergerían y que mi madre ya nunca más me podría contestar.

Mientras marcaba el número de mi novia, un tímido consuelo se asomó junto a la brisa.

En mis ficciones, mi madre siempre viviría para responderme.

Esta obra se terminó de imprimir
en el mes de mayo de 2025,
en los talleres de Impresora Tauro, S.A. de C.V.
Ciudad de México.